柳永詞集

【宋】柳　永　著

上海古籍出版社

图书在版编目(CIP)数据

柳永词集/(宋)柳永著. —上海：上海古籍出版
社，2017.6 (2025.7重印)
（国学典藏）
ISBN 978 - 7 - 5325 - 8482 - 6

Ⅰ.①柳…　Ⅱ.①柳…　Ⅲ.①宋词—选集　Ⅳ.
①I222.844

中国版本图书馆 CIP 数据核字(2017)第 140604 号

国学典藏
柳永词集
［宋］柳永　著

上 海 古 籍 出 版 社出版发行
（上海市闵行区号景路 159 弄 1 - 5 号 A 座 5F　邮政编码 201101）
(1) 网址：www. guji. com. cn
(2) E-mail：gujil@guji. com. cn
(3) 易文网网址：www. ewen. co
江阴市机关印刷服务有限公司印刷
开本 890×1240　1/32　印张 7　插页 5　字数 143,000
2017 年 6 月第 1 版　2025 年 7 月第 8 次印刷
印数：19,701—21,800
ISBN 978 - 7 - 5325 - 8482 - 6

Ⅰ·3176　定价：28.00 元
如有质量问题,请与承印公司联系

前　言

谢桃坊

　　在宋代词人中，柳永是最受民众喜爱的词人。他创作的歌词在社会上广泛流传，"流俗人尤喜道之"，以致"凡有井水饮处，即能歌柳词"。柳永创作的时代正是北宋真宗至仁宗朝的三十馀年间，这是北宋社会安定、经济繁荣和文化高涨的全盛之日。他的词集《乐章集》在宋代是很流行的，其词今存二百一十二首。在宋元文学史上，柳永是第一位从事民间通俗文艺创作的文人，为后来"书会才人"的先行者。

　　柳永原名三变，字耆卿，福建崇安县五夫里人。因排行第七，人称"柳七"。《宋史》未为他立传，其生平事迹很费考索，而关于他风流故事的传说却很多。他约生于宋太宗雍熙四年（987）。自唐代中期以后，柳永的先辈因宦游遂自河东（今山西）定居建州（今福建建瓯）。五代战乱时，其祖父柳崇隐居于福建崇安县五夫里金鹅峰下。柳崇共有六子：前妻丁氏生柳宜和柳宣，继室虞氏生柳寘、柳宏、柳寀和柳察。柳永的父亲柳宜在南唐时为监察御史，入宋后于宋太宗雍熙二年（985）登进士第，官至工部侍郎。他的叔父们也都是官宦。柳永是柳宜的小儿子，他的长兄柳三复于宋真宗天禧三年（1019）登进士第。柳永出生于有深厚儒学传统并以科举进取的仕宦之家，这决定了他也如父辈和长兄一样走向以科举入仕的道路。

　　在家乡，柳永度过了少年时代；他像当时许多士大夫家的子弟一样，自幼即致力于举业的学习。家乡附近松溪县的中峰寺和崇安境内的武夷山，柳永都曾去游玩，作有《题建宁中峰寺》诗和《巫山一段云》组词。

他在少年时代读书时，偶然得到一首民间传唱的歌词《眉峰碧》：

> 蹙破眉峰碧。纤手还重执。镇日相看未足时，忍便使鸳鸯只。　薄暮投村驿。风雨愁通夕。窗外芭蕉窗里人，分明叶上心头滴。

这首词情感真挚，语言质朴通俗，章法结构精巧，体现了民间词的高度艺术水平。柳永将它写在墙壁上，反复琢磨，终于悟得作词的方法。

习成举业之后，经过乡试，柳永前往京都（河南开封）参加礼部考试，离开了家乡。从后来他表现思乡的作品里的"想佳人、妆楼颙望"（《八声甘州》），"追悔当初，绣阁话别太容易"（《梦还京》），"算孟光、争得知我，继日添憔悴"（《定风波》）等来看，他在离乡赴京时已有妻子了。柳永以东汉贤士梁鸿之妻孟光借指自己的妻，可见她是很贤淑的。离开家乡后，虽然他一再想念，却未再归去。

柳永大约是在宋真宗天禧元年（1017）前到京都应试的，虽然连续三届考试取士数额皆大大增加，可惜他都未考中。情绪愤激之下，柳永写下盛传一时的《鹤冲天》，词有云："青春都一饷。忍把浮名，换了浅斟低唱。"这表示了对功名利禄的鄙视和对封建传统思想的背叛。功名的猎取与青春的欢乐，在他看来都是重要的，既然前者不能如愿，便只有在"烟花巷陌"寻求青春的欢乐了。他于歌楼舞榭里施展艺术才华，创作通俗歌词，获得民间小唱艺人的友谊与爱情，深受市民群众的欣赏。后来他又参加一次考试，顺利通过了，但临到放榜时，仁宗皇帝问道："得非填词柳三变否？"大臣回答"正是"，仁宗说："且去填词。"柳永因而被黜落。柳永从此放荡不羁，自称"奉旨填词柳三变"。这在柳永人生道路上是一个巨大打击，使其"高志"在现实之前忽然幻灭。但这并没有让词人悲伤消沉，而是促使他背离统治阶级，走向民间文艺创作的道路。

柳永精通音乐，善于作词，多才多艺。宋仁宗时常令教坊使为新曲谱词以备演唱，教坊乐工每得到民间流行的新曲，便求柳永为他们填词。

他除了写些典雅的歌颂皇恩、粉饰太平的词外，也为教坊写了许多通俗歌词，这样可得到教坊的资助，而宫廷里也欣赏它们。柳永主要是为民间歌妓写作大量的通俗歌词，以供她们在歌楼酒肆或民间游艺坊所演唱。这些通俗易懂、优美动人的歌词的广泛传播，为柳永赢得了声誉。他不仅写歌词，而且还是歌妓们色艺的权威性品评者，经他品题之后可以增高她们的身价。宋代的民间歌妓是以小唱为特殊职业的女艺人。她们在歌筵舞席、茶坊酒肆和瓦市演唱，以卖艺为主，与后世的妓女是有所区别的。她们的社会地位卑贱，是身在"倡籍"的"贱民"。歌妓们自幼学习歌舞，聪明美丽，有的还会吟诗作词，拈弄翰墨。由于职业的关系，她们与词人的交往密切。柳永受了新兴市民思潮的影响，不将她们作贱民看待，尊重她们，同情她们，为她们创作新词以供演唱，所以能赢得她们的友谊与爱情。从柳永的词集里可以看到与其相好的歌妓有秀香、英英、瑶卿、心娘、佳娘、酥娘等，而最亲密的是虫虫。

民间通俗文艺创作的道路是极艰苦的，既没有像晏殊、欧阳修等达官贵人那样优裕的写作条件，也没有那样的闲情逸致，而是为教坊乐工和民间歌妓的演出而创作。这样必须考虑艺术演出的实际效果和经济收益，而且还得经常辗转于各地，像"断梗飘萍"那样过着流浪的生活。柳永曾有一段时期漫游江南，在江苏、浙江、湖北等处的重要都市留下了他漫游的足迹。

这种漫游生涯使词人感到身心疲惫，而且青春年华已经逝去，虽然"风流事平生畅"，实际上却一事无成。在艰难困苦、走投无路的情形下，柳永回到久已思念的京都。这次回京约在宋仁宗明道元年（1032），为的是准备参加考试。此时词人已经四十五岁了，因多年的生活重压与声名狼藉，为着在临轩放榜时不再被黜落，他只得改变过去的生活作风去适应统治阶级的要求，到举场中试试自己的命运。宋仁宗景祐元年（1034）取录进士四百九十九人，诸科四百八十一人。柳三变参加了考试，终于登第，年已四十七岁，可谓"及第已老"。其次兄柳三接也于同年登第，兄弟同榜。宋代士人考中进士即意味着踏上仕途，将按考试成绩的等第授官。柳永被授予睦州团练推官而入仕了。睦州在浙西，府治建德（浙江建德）。推官是佐理府务的幕职官，掌管簿书等事。柳永到职后勤于职守，显露出办事的才干，甚得知府吕蔚的赏识，因而到官月馀，吕蔚破格向朝廷举荐柳永。

然而柳永的仕途特别坎坷，被荐后立即遭到御史知杂事郭劝的反对，遂失去这一次升迁的机会，此后多年沉沦下僚。离睦州任后，柳永又作过昌国县（浙江定海）晓峰盐场盐监，在此写出了反映盐民贫苦生活的长诗《煮盐歌》；其宦游足迹还达到关中之地。

宋代官制，文臣分为京朝官与选人两类。选人是指任地方职务的初等职官。柳永入仕以来任推官、盐监、县令等职都属初等职官。选人官阶分七阶，升迁官阶称为"循资"，各级政绩考满且有足够的举荐人，才能"磨勘"改换为京朝官。这种进入京朝官序列的改官是非常困难的。柳永长期任地方官职算是"久困选调"，为改官之事他进行了一些活动。时值老人星（寿星）出现，教坊向朝廷进新乐《醉蓬莱》，柳永作了一首应制词（渐亭皋叶下），通过入内都知史某进呈仁宗皇帝。仁宗见到"首有'渐'字，色若不悦。读至'宸游凤辇何处'，乃与御制真宗挽词暗合，上惨然。又读至'太液波翻'，曰：'何不云波澄？'乃掷之于地。"（《渑水燕谈录》卷八）柳永本期望得到仁宗的赏识，谁知竟触其忌讳，改官之事也就无望了。宋仁宗庆历四年（1044），柳永入仕已十馀年，他改名柳永，通过吏部改为京朝官，最后仕至屯田员外郎，故人称柳屯田。这在京朝官中是最低的官阶，属于从六品。大约在宋仁宗皇祐五年（1053），六十馀岁的柳永悄然逝世于润州（江苏镇江）僧寺，许多年后才葬于丹徒（江苏丹徒）北固山下。

宋代书会先生罗烨在《醉翁谈录》丙集卷二里从民间视角描述柳永

的形象说："其为人有仙风道骨，倜傥不羁，傲睨王侯，意尚豪放。花前月下，随意遣词，移宫换羽，词名由是盛传天下不朽。"《清平山堂话本》所收的《柳耆卿诗酒玩江楼记》云："东京有一才子，天下闻名，姓柳，双名耆卿，排行第七，人皆称为'柳七官人'。年方二十五岁，生得风姿洒落，人才出众。吟诗作赋，琴棋书画，品丝调竹，无所不通。专爱在花街柳巷，多少名妓欢迎他。"这代表了宋元以来广大民众对柳永形象的认识和人格评价。柳永出现在中国封建社会后期，更符合宋元以来民间关于风流才子的观念。人们亲近而喜爱他，以至有"众名姬春风吊柳七"的美丽传说。

宋人李之仪说，读柳词令人感到"形容盛明，千载如逢当日"（《姑溪居士文集》卷四十）。柳永生活在北宋升平盛明之世，他以写实的方法较为客观而真实地反映了这个时代都市繁华富庶的生活。在许多作品里作者不是站在统治阶级的立场去歌颂升平，也不是以个人的虚荣生活来炫耀富贵气象，而是从平民的真实感受出发为人们描绘了一幅幅北宋都市生活的风情画。《木兰花慢》是很有代表意义的：作者在京都郊野的背景上再现了市民们清明游乐的情形，他们在春天的郊野欢乐而浪漫，"斗草踏青"，"遗簪坠珥"，饮尽美酒。在柳永的笔下我们还可见到京都元宵佳节的盛况："列华灯、千门万户。遍九陌、罗绮香风微度。十里然绛树。鳌山耸、喧天箫鼓。"（《迎新春》）令人最感兴趣的还是京都的声色之娱，歌台舞榭成为升平富庶的都市象征，人们追欢寻乐，留连忘返："繁红嫩翠。艳阳景，妆点神州明媚。是处楼台，朱门院落，弦管新声腾沸。恣游人、无限驰骤，骄马车如水。"（《长寿乐》）

柳永对江南都市也给予了热情赞美。金陵"晴景吴波练静，万家绿水朱楼"（《木兰花慢》）。苏州"万井千闾富庶，雄压十三州。触处青蛾画舸，红粉朱楼"（《瑞鹧鸪》）。扬州"酒台花径仍存。凤箫依旧月中闻"（《临江仙》）。杭州"烟柳画桥，风帘翠幕，参差十万人家"（《望海潮》）。柳永一生在仕途上很不如意，也有不满现实之时，但对其时代生活仍由衷地热爱，从民俗方面去描述了社会现实生活。这些熙熙攘攘的平凡都市生活正体现了升平时期人民生活安定富庶，他们过着较为愉快的日子。当然我们也应看到，柳永仅仅反映了北宋社会繁荣的表象，缺乏对生活更深入的理解。

如果科举考试和仕宦顺利，柳永完全可能成为统治阶级的重要成员。由于他受到新兴市民阶层意识的影响，在屡次被黜之后成了都市的浪子。烟花巷陌的浪子，从封建统治阶级的观点看来是偏离传统的不成器的子弟，而柳永却以此为荣，在作品中表现出对传统思想和传统道德观念的否定。他以为："红颜成白发，极品何为"（《看花回》）；"名缰利锁，虚费光阴"（《夏云峰》）；"瞬息光阴，锱铢名宦"（《凤归云》）。其《传花枝》（平生自负）可以说是一曲浪子之歌，词以俚俗而泼辣的语言，抒写了民间通俗文艺作者老大落魄的情怀。他多才多艺，风流自负，以乐观放达的态度看待人生，表现出不伏老的精神和及时行乐的思想。这首词对后来的元曲家影响很大，关汉卿的套曲《[南吕]一枝花·不伏老》便发挥了柳词的精神。这种反传统的浪子思想是以一种病态的方式出现的，它表现了封建社会中下层知识分子的悲哀及其对现实的愤激情绪。

柳词中最富于反封建传统思想的是那些后人所谓的"淫冶讴歌之曲"，它们体现了新兴市民阶层争取恋爱自由和个性自由的要求。宋初词人们同五代花间词人一样有许多描写男欢女爱的作品，未曾受到统治者的指责。柳永的这类作品一再受到指责的原因，便在于表现了反传统的倾向。柳词中所描绘的不少市民妇女形象都是不受封建道德规范限制和妇德约束的。《锦堂春》（坠髻慵梳）是代言体作品，描述一位妇女曲折复杂的心理。她不拘封建礼法，不甘示弱，具有强烈的自我意识。这个形象不同于传统诗词中温柔贤惠、逆来顺受、听天由命的妇女，它本身即具有反封建意义，故能深深感动市民群众。柳永的《定风波》（自春来）

描写了一位市民妇女的精神生活，词以少妇的语气，叙述其丈夫离家后的苦闷情绪，表现对爱情幸福的向往和大胆的追求。闲拈针线，伴着丈夫读书，形影不离，在她看来是幸福愉快的事，如此青春也不算虚度了。这是古代许多妇女最朴素的要求，然而在封建统治者看来，这位妇女是有违妇道和礼教的：男子竟由妇女"拘束教吟课"，还要"针线闲拈伴伊坐"。柳永因写了此词，后来受到宰相晏殊的责备，说明这两位词人的社会审美理想的差异。

传统文学也有许多关于女性的香艳题材，却很少有作家真实地表达下层被压迫妇女的呼声。柳永长期生活在都市的下层，对这些不幸妇女的情况特别熟悉，因而很注意发掘这些题材的意义。都市中青年妇女受到市民思潮的影响，往往在思想与行为方面突破封建礼教，具体表现为对性爱的要求和对贞操的轻视。由所处的社会环境决定了她们为得到一点自由和幸福需付出重大的代价和牺牲，但结果往往是很难得到真正的爱情与幸福，遭到玩弄和遗弃。柳永同情这些妇女，在作品里多次重复着这个主题。这类歌词在民间演唱，往往哀艳感人。《慢卷紬》（闲窗烛暗）表现一位年轻妇女陷入难以排解的情感矛盾之中，她与情人的分离显然出于社会性的原因。分离后她憔悴追悔，谙尽凄苦，设想对方也很烦恼。她苦苦追忆逝去的欢乐，又后悔当初自己过于热情与轻率，以致造成今生难分难舍的情形。假如当初她和从前一样"淡淡相看"，控制或压抑情感，或者不会落得这样的不幸。《满江红》表现恋爱中女子的痛苦情绪，她陷入苦恋，非常不幸，期待着情人的回心转意，尤其不甚明白自己可悲的处境和他真实的态度。她的幼稚痴迷更显得情感真挚，她的被抛弃就愈能引起人们的同情。作者以内心独白的方式深刻而细致地揭示了市民女性的情感生活，表现出通俗歌词的艺术力量。

由于柳永与民间歌妓的亲密关系，他在作品里表现了与她们的友谊与爱情，也反映了她们痛苦的精神生活，写出了她们的悲剧命运。他发现她们之中有不少拥有高尚的品格和纯洁的灵魂，而且本不应沦落风尘的，如《少年游》(世间尤物意中人)中所写的歌妓："心性温柔，品流闲雅，不称在风尘。"风尘中的歌妓总希望脱离倡籍，像正常良家妇女一样享有合法的婚配和家庭幸福，争取一位妇女应有的生活权利。柳永在《迷仙引》(才过笄年)里表达了她们合理的愿望："万里丹霄，何妨携手同归去。永弃却、烟花伴侣。免教人见妾，朝云暮雨。"她希望用行动来证明自己并非轻浮的女人，她恳求、发誓，既流着热泪，又怀着对未来的憧憬，向社会发出求救的呼声。柳永赠其相爱的歌妓虫虫，曾表示愿与她结成正常的婚配："待作真个宅院，方信有初终。"(《集贤宾》)这个愿望在后来未曾实现，但他敢于大胆表示已是非常可贵的了。

民间歌妓在少女时代身心已遭到粗暴的蹂躏，恶劣的风尘里，她们大多在青春年华就悲惨地死去了。柳词中有两首为民间歌妓作的悼亡词，如《离别难》(花谢水流倏忽)写的："美韶容、何啻值千金。便因甚、翠弱红衰，缠绵香体，都不胜任。算神仙、五色灵丹无验，中路委瓶簪。"这样真诚地对贱民歌妓的悼念，是同情其不幸的一生，并向社会发出血泪的控诉：她们是被无情的封建制度所扼杀的。柳永从市民群众的观点较客观地对北宋升平社会的赞颂，以封建统治阶级叛逆者的放浪态度对传统思想与封建礼教的嘲讽与批判，以人道的同情表达社会下层妇女——特别是贱民歌妓的痛苦的呼声：这就是柳词的主要思想内容。它体现了作者所受新兴市民阶层进步思潮的影响。我们对柳词的思想是应基本上肯定的，虽然它也存在某些不可避免的局限性。

词，亦称曲子词，是配合隋唐以来流行的新音乐——燕乐的歌词。自隋代以来由于外来音乐——西域音乐的影响，使我国古乐发生了一次重大改革：以西域龟兹乐为主的音乐经过华化，与我国旧有的民间音乐相结合而产生了新的燕乐。燕，即宴。燕乐乃用于宴飨之音乐。新的燕乐在音阶、调式、旋律、乐器、演奏形式等方面皆与中国传统音乐有很大的差异，甚至在性质上相区别，属于流行的通俗音乐。自新燕乐诞生以来，单调沉闷的古乐渐渐被淘汰，伴随新乐的长短句的律化的歌词应运而生。词体自公元8世纪兴起之后，经过中晚唐和五代的发展，已有一些文人尝试倚声制作许多短小的作品。在词体文学发展的过程中，唐五代是词的初期。这时作者尚未充分掌握词体艺术的特点，艺术效果不够集中，处于尝试与探索阶段，而且体式亦不完备，仅为宋词的光辉发展做了必要的准备。新的曲子词虽曾在晚唐五代呈现颇为兴盛之势，但在宋王朝建立（960）以来的五十年间，词的创作却转入低潮，表现为词坛沉寂，青黄不接，既无名篇，亦无名家。词体文学的继续发展是随着北宋太平盛世的慢慢来临而具备了外部条件。然而词的内部发展正等待着一位富于文学创造力的大词人来完成。这光荣的历史任务造就了一代词人——柳永。新燕乐自隋代流行，很长一段时间内是有曲无词的，直到盛唐时真正的新体音乐文学——长短句的律词才产生。当燕乐发展到北宋时，它已进一步发展，艺人们创作出许多新的乐曲。柳永的时代正值北宋新声盛行之时。《宋史·乐志》记载：真宗时"民间新声甚众，而教坊不用也"。柳永敏感地采用了民间的新音乐为之填词。在词学上凡某一乐曲被选用为词调，最初倚其乐曲节拍旋律而制之词被称为创调之作。这在柳永的词集里是很多的，如《看花回》、《两同心》、《金蕉叶》、《西平乐》、《秋蕊香引》、《玉蝴蝶》、《竹马子》、《透碧霄》、《一寸金》、《黄莺儿》、《柳腰轻》、《隔帘听》、《慢卷绸》、《满江红》、《西施》等是倚新声的创调之作；《八声甘州》、《安公子》、《婆罗门》、《凉州》、《六幺》、《雨霖铃》、《倾杯》等则是唐代教坊曲经改制并扩大篇幅的创调之作。柳永使用的词调计百馀个，这是唐五代迄两宋词人都无法相比的。因为作者是精通音律的词人，其作品展示了丰富的音乐性。曲子词是倚声制作的，这必须要求歌词与音乐的和谐而考虑词的用韵、句式、分段、字声平仄、起调、结尾等因素。柳永因服从每支乐曲的特殊要求，所以出现宫调不同而同一词调的字数参差的现象，宫调与词调完全相同的作品亦有句式与字数的差异。然而我们却又在柳永的词集里见到某些长调之若干首在格律方面极为严整，令人为其惨淡经营与匠心独运而惊叹。柳永因采用北宋新声，故其词与唐五代词的风格颇不相同。如果他创作歌词沿袭唐五代的故辙，而不采用新声，亦不在倚声填词方面有所突破与创造，则很难想像宋词会有自己的特点和社会影响。

唐五代文人词基本上是小令。明末清初的词学家将词体量化分为三类：六十字以下者为小令，六十字至九十字为中调，九十一字以上为长调。现在我们看来，词调的这样分类是较为合理的。唐五代词中相传为后唐庄宗李存勖的《歌头》，双调，一百三十六字，仅此一首可算长调；此外在近世发现的敦煌曲子词里亦有一些长调作品，但皆属尝试性质，尚未表现出对长调艺术形式的征服。词体长调艺术形式的开发与法度建立的任务留给了宋代。从词体的发展而言，宋词主要是长调的发展过程。柳永词集的长调作品计有七十馀调，词约百馀首，调与词都占柳词的半数以上。柳词这种优势在词史上是空前的，它的出现标志宋词发展的一个飞跃：长调以一种强盛的新的艺术形式奠立了在词史上的重要地位。由于柳词的成就才体现出长调的优点，才引起社会和词坛的重视；因此仅就文学发展的意义而言，长调乃起源于北宋，而柳永是开创者。

长调的体制比小令和中调宏大，因每调独具音乐与体制的特点，创作起来较为困难。南宋词学家张炎在《词源》卷下谈到慢词——长调的作法时说：

> 作慢词看是其题目，先择曲名，然后命意；命意既了，思量头如何起，尾如何结，方始选韵，而后述曲。最是过片，不要断了曲意，须要承上接下……词既成，试思前后之意不相应，或有重叠句意，又恐字面粗疏，即为修改。

这讲的是长调一般的写作程序，尚未言及掌握文学创作的艺术奥秘。柳永在征服长调艺术形式的过程中表现出非凡的艺术创造力,如《玉女摇仙佩》、《倾杯乐》、《曲玉管》、《传花枝》、《雨霖铃》、《定风波》、《慢卷绸》、《归朝欢》、《浪淘沙慢》、《破阵乐》、《双声子》、《二郎神》、《抛球乐》、《接贤宾》、《戚氏》、《轮台子》、《洞仙歌》、《离别难》、《击梧桐》、《夜半乐》、《玉蝴蝶》、《满江红》、《引驾行》、《望海潮》、《凤归云》、《女冠子》、《安公子》等皆是长调的典范作品。关于句法,柳永充分发挥了长短句的优势,无论使用市井俗语或是白话文学语言,不仅突破句的限制,往往还突破韵的限制,而构成一个符合我们现代语法规范的、结构完整的长句。其作品中的人称关系或指代关系极为分明,可以婉曲自由地如真实生活语境一样表达思想情绪,使词体的特点真正显露出来。在虚字使用上,柳永善于用向、想、念、问、唯有、渐、奈等字作领字,在全词中起到黏合作用,从而使意群之间和句子之间形成一种联系,或者形成词意的过渡与转折。这样可使全词的各个部分克服散乱和堆砌的弊病,而组成一个关系紧密的有机体,空灵而有秩序,亦使词意脉络清晰。

相对于小令,长调多用铺叙,即无论写景、抒情和叙事,将某一意群具体地表现,逐层展开,使形象饱满鲜明。柳词多不用比兴、夸张、象征、雕饰等手段,只用平叙,尽力铺展,有似画家细致的白描、写实的手法。这是小令与长调在艺术表现上的重要区别。因为有了铺叙方法,长调艺术才便于掌握,而其优长才得到发挥。

而在词的结构上,柳词素以谨严而受到称誉。其章法结构表现出一种合理性,即词的叙事与抒情都符合一定的客观逻辑,由此显示出严密的组织和法度。柳词在处理情景的关系时,一般是即景生情,情与景谐,常常达到情景交融;在处理时间与空间关系时,从现实而追溯往昔,或从忆旧而转入当前,善于作今昔对比以深化情绪,增强感染作用;时间的变化是立足于特定的空间展开的,因而所述的生活往往被浓缩为一个片断,似凝聚于一个焦点。作者又习惯于采用线型的表述,于是使人感到有头有尾,完满自足,词意清楚。这是广大民众喜闻乐见的韵文表述方式。清人宋翔凤《乐府馀论》云:

> 词自南唐以后,但有小令。其慢词(长调)盖起宋仁宗朝。中原息兵,汴京(开封)繁庶,歌台舞席,竞赌新声。耆卿失意无俚,流连坊曲,遂尽收俚俗语言,编入词中,以便伎人传习。一时动听,散播四方。其后东坡、少游、山谷辈,相继有作,慢词遂盛。

从上述可见,柳永适应了词体文学发展的新形势,出色地完成了词史赋予的艰巨任务。宋词的艺术特色是柳永开创的,宋词范式建立的过程中他起了重要作用,他在词史上居于开创的重要地位。

北宋中期实行新法,试图改变国家积贫积弱的局面,社会矛盾突出,统治阶级内部斗争剧烈。这时人们非常缅怀已成历史的太平盛世,因而读到《乐章集》无不感慨万千。范镇晚年听到亲友唱柳词后深深感叹说:"当仁庙四十二年太平,吾身为史官二十年不能赞述,而耆卿能尽形容之。"(《古今合璧事类备要》后集卷四十二)范镇客观地从社会意义上评价柳词,它的时代特色是很显著的。这是柳永写实方法取得的成功,所以宋人将柳词与杜诗相提并论。北宋黄裳说:"予观柳氏《乐章》……如观杜甫诗,典雅文华,无所不有。"(《书乐章集后》,《演山集》卷三十五)南宋项安世说:"余侍先君往荆南,所训:学诗当学杜诗,学词当学柳词。叩其所以,云:杜诗、柳词皆无表德,只是实说。"(《贵耳集》卷上引)柳词固无杜诗题材的广阔与思想的深刻,但可表现一个时代的都市繁华,留下盛世的迹象,而且是以写实方法表述的,仅此意义与杜诗相似,具有史的价值。这是从柳词的内容而论的,若从艺术表现来看,宋人对柳词的评价则有毁有誉。女词人李清照说:"逮至本朝,礼乐文武大备。又涵养百馀年,始有柳屯田永者,变旧声作新声,出《乐章集》,大得声称于世。虽协音律,而词语尘下。"(《苕溪渔隐丛话》后集卷三十三）这肯定了其音律和谐而指摘其词语俚俗。徐度追溯宋词的发展说："耆卿以歌词显名于仁宗朝……其词虽极工致，然多杂以鄙语，故流俗人尤喜道之。其后欧、苏诸公继出，文格一变，至为歌词，体制高雅。柳氏之作殆不复称于文士之口，然流俗好之自若也。"（《却扫编》卷五）柳词的命运确实如此。北宋末年，它在歌楼舞榭仍受到民间的欢迎，如"唐州倡马望儿者，以能歌柳耆卿词著名籍中"（《夷坚乙志》卷十九）。南宋初年的词学家王灼说："柳耆卿《乐章集》，世多爱赏该洽，序事闲暇，有首有尾，亦间出佳语，又能择声律谐美者用之，惟是浅近卑俗，自成一体，不知书者尤好之。予尝比都下富儿，虽脱村野，而声态可憎。"（《碧鸡漫志》卷二）南宋以来词坛的复雅倾向成为主流，词学们从雅词的观念来批评柳词，訾议居多，已不能认识到柳词的真正价值了。柳词虽然受到文人的指摘，但他们又偷偷地继承它的风格、创作经验和表现技巧。王灼即以为北宋时"沈公述（唐）、李景元（甲）、孔方平（夷）、（孔）处度叔侄、晁次膺（端礼）、万俟雅言（咏）皆有佳句，就中雅言尤绝出。然六人者源从柳氏来"（《碧鸡漫志》卷二）。这实际上形成了一个学柳词的群体。在两宋著名词人如秦观、黄庭坚、贺铸、周邦彦、李清照、吴文英等的作品中，我们都可寻觅到柳词的影响。所以清代学者刘熙载论及南宋词的发展说："南宋词近柳耆卿者多。"（《艺概》卷四）近世词学家况周颐甚至认为："柳屯田《乐章集》为词家正体之一。"（《蕙风词话》卷三）20世纪初中国新文化运动以来，学术界以新文化的观点评价柳词，因而它成为宋词研究的一个热点。柳词是我国优秀的文学遗产，它在现代尚有意义。柳永是我国人民喜爱的古代通俗歌词的作者和风流才子。

【编者按：此次出版，柳永词的正文以朱孝臧《彊村丛书》本《乐章集》为底本，参校以明毛晋汲古阁《宋六十名家词》、清劳权钞本《乐章集》及《全宋词》，底本误字直接校改，不出校记。另外，我们对柳永词中的疑难字词和涉及的典故作了简要的注释，并择要将词中化用的古人诗词文句列于词后，每条前面用◎表示。我们还将历代评论及与词作有关的本事、史实择要列于每首词之后，标以◆，以方便读者阅读和欣赏。】

目 录

卷 中

卷　上

黄莺儿

园林晴昼春谁主。
暖律潜催，幽谷暄和，
黄鹂翩翩，乍迁芳树。
观露湿缕金衣，叶隐如簧语。
晓来枝上绵蛮，
似把芳心、深意低诉。

无据。
乍出暖烟来，又趁游蜂去。
恣狂踪迹，两两相呼，
终朝雾吟风舞。
当上苑柳秾时，别馆花深处。
此际海燕偏饶，都把韶光与。

◎暖气潜催次第春，梅花已谢杏花新。（唐罗隐《杏花》）

◎出自幽谷，迁于乔木。（《诗经·小雅·伐木》）

◎残月。菊冷露微微。看看湿透缕金衣。（五代顾夐《荷叶杯》）

◎绵蛮黄鸟，止于丘阿。（《诗经·小雅·绵蛮》）

◎黄鹂飞上苑，绿芷出汀洲。（南朝梁吴均《与柳恽相赠答》）

◎饶，犹添也；连也；不足而求增益也。即今所云讨饶头之饶。（张
相《诗词曲语辞汇释》）

◆翩翩公子，席宠承恩，岂海岛孤寒能与伊争韶华哉？语意隐有所指，而词旨颖发，秀气独饶，自然清隽。（清黄苏《蓼园词选》）

玉女摇仙佩

飞琼伴侣，偶别珠宫，未返神仙行缀。
取次梳妆，寻常言语，有得几多姝丽。
拟把名花比。
恐旁人笑我，谈何容易。
细思算、奇葩艳卉，
惟是深红浅白而已。
争如这多情，占得人间，千娇百媚。

须信画堂绣阁，皓月清风，
忍把光阴轻弃。
自古及今，佳人才子，少得当年双美。
且恁相偎倚。
未消得、怜我多才多艺。
愿奶奶、兰心蕙性，
枕前言下，表余深意。
为盟誓。
今生断不孤鸳被。

◎其治民劳者，其舞行缀远。其治民逸者，其舞行缀短。（《礼记·乐记》）

◎（"取次"）与寻常对举，草草或随便均可解。（张相《诗词曲语辞汇释》）

◆"云想衣裳花想容"，此是太白佳境。柳屯田"拟把名花比，恐旁

人笑我，谈何容易"，大畏唐突，尤见温存，又可悟翻旧为新之法。（清沈谦《填词杂说》）

◆粗鄙之流为调笑，调笑之变为谀媚，是也。……谀媚之极，变为秽亵，秦少游"怎得香香深处，作个蜂儿抱"。柳耆卿"愿奶奶兰心蕙性，枕前言下，表余心意"。所以"销魂当此际"，来苏长公之诮也。（清沈雄《古今词话·词品》下卷）

◆余谓屯田轻薄子，只能道"奶奶兰心蕙性"耳。（王国维《人间词话删稿》）

雪梅香

景萧索，危楼独立面晴空。
动悲秋情绪，当时宋玉应同。
渔市孤烟袅寒碧，水村残叶舞愁红。
楚天阔，浪浸斜阳，千里溶溶。

临风。
想佳丽，别后愁颜，镇敛眉峰。
可惜当年，顿乖雨迹云踪。
雅态妍姿正欢洽，落花流水忽西东。
无憀恨、相思意，尽分付征鸿。

◎悲哉秋之为气也，萧瑟兮草木摇落而变衰。憭栗兮若在远行，登山临水兮送将归。（《楚辞·宋玉〈九辩〉》）

◎水村渔市，一缕孤烟细。（宋王禹偁《点绛唇》）

◎妾在巫山之阳，高丘之阻。旦为朝云，暮为行雨，朝朝暮暮，阳台之下。（战国宋玉《高唐赋序》）

◎暂凭樽酒送无憀，莫损愁眉与细腰。（唐李商隐《杨柳枝》）

◆本阕结句似在"意"字逗。(清周济《宋四家词选》)

◆柳耆卿以词名景祐、皇祐间。《乐章集》中, 冶游之作居其半, 率皆轻浮猥媒, 取誉筝琶。如当时人所讥, 有教坊丁大使意。惟……《雪梅香》之"渔市孤烟袅寒碧", 差近风雅。(清邓廷桢《双砚斋词话》)

尾　犯

夜雨滴空阶, 孤馆梦回, 情绪萧索。
一片闲愁, 想丹青难貌。
秋渐老、蛩声正苦, 夜将阑、灯花旋落。
最无端处, 总把良宵, 只恁孤眠却。

佳人应怪我, 别后寡信轻诺。
记得当初, 剪香云为约。
甚时向、幽闺深处,
按新词、流霞共酌。
再同欢笑。
肯把金玉珍珠博。

◎夜雨滴空阶, 晓灯暗离室。(南朝梁何逊《临行与故游夜别》)

◎蛩声非自苦, 偏是旅人闻。(唐李频《郊居寄友人》)

◎鬓发如云。(《诗经·鄘风·君子偕老》)

◎有仙人数人, 将我上天……口饥欲食, 仙人辄饮我以流霞一杯, 每饮一杯, 数月不饥。(汉王充《论衡·道虚》)

◎肯, 犹拚也。(张相《诗词曲语辞汇释》)

◎博, 犹换也。(张相《诗词曲语辞汇释》)

◆阴铿有"夜雨滴空阶", 柳耆卿用其语, 人但知为柳词耳。(宋龚颐正《芥隐笔记》)

◆古曲亦有拗音，盖被句法中字面所拘牵，今歌者亦以为碍。如《尾犯》之用"金玉珠珍博"，"金"字当用去声字。（宋沈义父《乐府指迷》）

◆此首别又作吴文英《梦窗词集》。

早梅芳

海霞红，山烟翠。
故都风景繁华地。
谯门画戟，下临万井，金碧楼台相倚。
芰荷浦溆，杨柳汀洲，映虹桥倒影，
兰舟飞棹，游人聚散，一片湖光里。

汉元侯，自从破虏征蛮，峻陟枢庭贵。
筹帷厌久，盛年昼锦，归来吾乡我里。
铃斋少讼，宴馆多欢，未周星，
便恐皇家，图任勋贤，又作登庸计。

◎谯门，谓门上为高楼以望者耳。（《汉书·陈胜传》颜师古注）
◎富贵不归故乡，如衣绣夜行，谁知之者。（《史记·项羽本纪》）
◆《花草粹编》卷十一此词题为"上孙资政"。按孙资政指孙沔，至和元年（1054）二月，以资政殿学士知杭州。柳永即于杭州作此词赠孙沔。

斗百花

飒飒霜飘鸳瓦，翠幕轻寒微透，
长门深锁悄悄，满庭秋色将晚。

眼看菊蕊,重阳泪落如珠,
长是淹残粉面。
鸾辂音尘远。

无限幽恨,寄情空殢纨扇。
应是帝王,当初怪妾辞辇。
陡顿今来,宫中第一妖娆,
却道昭阳飞燕。

◎鸳鸯瓦冷霜华重,翡翠衾寒谁与共。(唐白居易《长恨歌》)

◎孝武皇帝陈皇后时得幸,颇妒,别在长门宫。愁闷悲思。(汉司马相如《长门赋序》)

◎(天子)乘鸾辂,驾苍龙。(《吕氏春秋·孟春纪》)

◎晚唐诗人用殢字……均为纠缠不清之意,与泥义近。……而《云谣集杂曲子》之《洞仙歌》:"拟铺鸳被,把人尤泥,须索琵琶重理。"二字联用,直为恋昵义。此为唐时民间流行之曲子,尚用"尤泥"字。至宋词则竟用"尤殢"矣。(张相《诗词曲语辞汇释》)

◎新裂齐纨素,鲜洁如霜雪。裁为合欢扇,团团似明月。出入君怀袖,动摇微风发。常恐秋节至,凉飚夺炎热。弃捐箧笥中,恩情中道绝。(汉班婕妤《怨歌行》)

◎孝成班倢伃,……成帝游于后庭,常欲与倢伃同辇载,倢伃辞曰:"观古图画,圣贤之君皆有名臣在侧,三代末主乃有嬖女,今欲同辇,得无近似之乎?"上善其言而止。……其后赵飞燕姊弟亦从自微贱兴,逾越礼制,寖盛于前。班倢伃及许皇后皆失宠,稀复进见。(《汉书·外戚传》)

◆匀稳工整,在柳词已是上乘。(清先著、程洪《词洁》)

斗百花

煦色韶光明媚。
轻霭低笼芳树。
池塘浅蘸烟芜，帘幕闲垂风絮。
春困厌厌，抛掷斗草工夫，
冷落踏青心绪。
终日扃朱户。

远恨绵绵，淑景迟迟难度。
年少傅粉，依前醉眠何处。
深院无人，黄昏乍拆秋千，
空锁满庭花雨。

◎五月五日，四民并踏百草，又有斗百草之戏，采艾以为人，悬门户上以禳毒气。（南朝梁宗懔《荆楚岁时记》）

◎淑景迟迟，和风习习。（《乐府诗集·青郊迎神》）

◆前、后段皆状春闺妖慵之态，唯转头处略见怀人。屯田摹写情景，颇似清真，而开合顿挫，视清真终隔一尘。（俞陛云《唐五代两宋词选释》）

斗百花

满搦宫腰纤细。
年纪方当笄岁。
刚被风流沾惹，与合垂杨双髻。
初学严妆，如描似削身材，
怯雨羞云情意。

举措多娇媚。

争奈心性，未会先怜佳婿。
长是夜深，不肯便入鸳被。
与解罗裳，盈盈背立银釭，
却道你但先睡。

◎楚灵王好细腰，而国中多饿人。（《韩非子·二柄》）

◎（女子）十有五年而笄。（《礼记·内则》）

◎凡娶媳妇……男左女右，留少头发，二家出疋段、钗子、木梳、头须之类，谓之"合髻"。（宋孟元老《东京梦华录》）

甘草子

秋暮。
乱洒衰荷，颗颗真珠雨。
雨过月华生，冷彻鸳鸯浦。

池上凭阑愁无侣。
奈此个、单栖情绪。
却傍金笼共鹦鹉。
念粉郎言语。

◎个，估量某种光景之辞，等于价或家。凡少则曰些儿个。（张相《诗词曲语辞汇释》）

◎庭间有四樱桃树，西北悬一鹦鹉笼，见生入来，即语曰："有人入来，急下帘者。"（唐蒋防《霍小玉传》）

◎何（晏）平叔美姿仪，面至白，魏明帝疑其傅粉。正夏月，与热

汤饼。既啖，大汗出，以朱衣自拭，色转皎然。（南朝宋刘义庆《世说新语·容止》）

◆柳耆卿"却傍金笼教鹦鹉，念粉郎言语"，花间之丽句也。（清彭孙遹《金粟词话》）

甘草子

秋尽。
叶剪红绡，砌菊遗金粉。
雁字一行来，还有边庭信。

飘散露华清风紧。
动翠幕、晓寒犹嫩。
中酒残妆慵整顿。
聚两眉离恨。

◎清洛晓光铺碧簟，上阳霜叶剪红绡。（唐刘禹锡《洛中初冬拜表有怀上京故人》）

◎风翻白浪花千片，雁点青天字一行。（唐白居易《江楼晚眺景物鲜奇吟玩成篇寄水部张员外》）

送征衣

过韶阳。
璇枢电绕，华渚虹流，运应千载会昌。
罄寰宇、荐殊祥。
吾皇。
诞弥月，瑶图缵庆，玉叶腾芳。

并景贶、三灵眷祐,挺英哲、掩前王。
遇年年、嘉节清和,颁率土称觞。

无间要荒华夏,尽万里、走梯航。
彤庭舜张大乐,禹会群方。
鹓行。
望上国,山呼鳌抃,遥爇炉香。
竟就日、瞻云献寿,指南山、等无疆。
愿巍巍、宝历鸿基,齐天地遥长。

◎黄帝轩辕氏,母曰附宝,见大电光绕北斗枢星,照郊野,感而孕。二十五月而生黄帝于寿丘。(《宋书·符瑞志》)

◎帝挚少昊氏,母曰女节,见星如虹,下流华渚,既而梦接意感,生少昊。(《宋书·符瑞志》)

◎诞弥厥月,先生如达。(《诗经·大雅·生民》)

◎三灵,天、地、人也。(《文选·班固〈典引〉》唐李善注)

◎禹乃会群后,誓于师曰:"济济有众,咸听朕命。"(《尚书·大禹谟》)

◎怀黄绾白,鹓鹭成行。文赞百揆,武镇四方。(《隋书·音乐志中》)

◎鳌戴山抃,何以安之?(《楚辞·天问》)

◎帝尧者,放勋。其仁如天,其知如神。就之如日,望之如云。(《史记·五帝本纪》)

◎如月之恒,如日之升,如南山之寿,不骞不崩。(《诗经·小雅·天保》)

◆宋仁宗生于大中祥符三年(1010)四月十四日,即位后定是日为乾元节。赵彦卫《云麓漫钞》卷二:"(唐)明皇始置千秋节,自是列帝或置或不置。自五季始立为定制,臣下化之,多为歌词以颂赞之。"柳永此词应制,为仁宗祝寿而作。

昼夜乐

洞房记得初相遇。
便只合、长相聚。
何期小会幽欢,变作离情别绪。
况值阑珊春色暮。
对满目、乱花狂絮。
直恐风光好,尽随伊归去。

一场寂寞凭谁诉。
算前言,总轻负。
早知恁地难拚,悔不当时留住。
其奈风流端正外,更别有、系人心处。
一日不思量,也攒眉千度。

◎纷纷落尽泥与尘,不共新妆比端正。(唐韩愈《寒食日出游》)

◆乐章集有淡语而警绝者,如"直恐好风光,尽随伊归去"是也。
(邵祖平《词心笺评》)

昼夜乐

秀香家住桃花径。
算神仙、才堪并。
层波细剪明眸,腻玉圆搓素颈。
爱把歌喉当筵逞。
遏天边,乱云愁凝。

言语似娇莺，一声声堪听。

洞房饮散帘帏静。
拥香衾、欢心称。
金炉麝袅青烟，凤帐烛摇红影。
无限狂心乘酒兴。这欢娱、渐入嘉景。
犹自怨邻鸡，道秋宵不永。

◎倡楼望早春，宝马度城闉。照耀桃花径，蹀躞采桑津。（南朝陈独孤嗣宗《紫骝马》）

◎娭光眇视，目曾波些。（《楚辞·招魂》）

◎睹一女子，露裹琼英，春融雪彩，脸欺腻玉，鬓若浓云。（《太平广记》卷五〇）

◎薛谭学讴于秦青，未穷青之技，自谓尽之，遂辞归。秦青弗止，饯于郊衢，抚节悲歌，声振林木，响遏行云。薛谭乃谢求反，终身不敢言归。（《列子·汤问》）

◆此词丽以淫，不当入选，以东坡尝引用其语，故录之。（宋黄昇《唐宋诸贤绝妙词选》）

◆"凝"音佞。柳耆卿词："爱把歌喉当筵逞，遏天边，乱云愁凝。"今多作平音，失之。音律亦不协也。（明杨慎《词品》）

柳腰轻

英英妙舞腰肢软。
章台柳、昭阳燕。
锦衣冠盖，绮堂筵会，
是处千金争选。
顾香砌、丝管初调，

倚轻风、佩环微颤。

乍入霓裳促遍。
逞盈盈、渐催檀板。
慢垂霞袖，急趋莲步，
进退奇容千变。
算何止、倾国倾城，
暂回眸、万人断肠。

◎东邻妓女字英英。（南唐徐铉《正初答钟郎中见招》）

◎章台柳，章台柳，昔日青青今在否？纵使长条似旧垂，亦应攀折他人手。（见唐许尧佐《柳氏传》）

◎君子至止，锦衣狐裘。（《诗经·秦风·终南》）

◎冠盖如云，七相五公。（汉班固《西都赋》）

◎凿金为莲华以帖地，令潘妃行其上，曰："此步步生莲华也。"（《南史·齐本纪下·废帝东昏侯传》）

◎北方有佳人，绝世而独立，一顾倾人城，再顾倾人国。宁不知倾城与倾国，佳人难再得。（《汉书·外戚传》载李延年歌）

西江月

凤额绣帘高卷，兽环朱户频摇。
两竿红日上花梢。
春睡厌厌难觉。

好梦狂随飞絮，闲愁秾胜香醪。
不成雨暮与云朝。
又是韶光过了。

◎鱼钥兽环斜掩门，萋萋芳草忆王孙。（唐赵光远《题妓莱儿壁》）

倾杯乐

禁漏花深，绣工日永，蕙风布暖。
变韶景、都门十二，
元宵三五，银蟾光满。
连云复道凌飞观。
耸皇居丽，嘉气瑞烟葱蒨。
翠华宵幸，是处层城阆苑。

龙凤烛、交光星汉。
对咫尺鳌山开雉扇。
会乐府两籍神仙，梨园四部弦管。
向晓色、都人未散。
盈万井、山呼鳌抃。
愿岁岁，天仗里、常瞻凤辇。

◎天子十二门，通十二子。（《周礼·考工记》郑玄注）
◎西王母所居宫阙，在阆风之苑，有城千里，玉楼十二。（《集仙录》）
◎元夕二鼓，上乘小辇，幸宣德门观鳌山。擎辇者皆倒行，以便观赏。山灯凡数千百种。（宋周密《乾淳岁时记·元夕》。鳌山，堆成巨鳌形状的灯山。）
◎（唐）玄宗既知音律，又酷爱法曲，选坐部伎子弟三百教于梨园，声有误音，帝必觉而正之，号"皇帝梨园弟子"。宫女数百，亦为梨园弟子，居宜春北院。（《新唐书·礼乐志》）
◆永初为上元辞，有"乐府两籍神仙，梨园四部弦管"之句，传禁中，

多称之。后因秋晚张乐，有使作《醉蓬莱》词以献，语不称旨，仁宗亦疑有欲为之地者，因置不问。（宋叶梦得《避暑录话》）

笛家弄

花发西园，草薰南陌，
韶光明媚，乍晴轻暖清明后。
水嬉舟动，禊饮筵开，
银塘似染，金堤如绣。
是处王孙，几多游妓，往往携纤手。
遣离人、对嘉景，触目伤怀，尽成感旧。

别久。
帝城当日，兰堂夜烛，百万呼卢，
画阁春风，十千沽酒。
未省、宴处能忘管弦，醉里不寻花柳。
岂知秦楼，玉箫声断，前事难重偶。
空遗恨，望仙乡，一晌消凝，泪沾襟袖。

◎闺中风暖，陌上草薰。（南朝齐江淹《别赋》）
◎君不见淮南少年游侠客，白日球猎夜拥掷。呼卢百万终不惜，报雠千里如咫尺。（唐李白《少年行》）
◎我归宴平乐，美酒斗十千。（三国魏曹植《名都篇》）
◎萧史者，秦缪公时人也，善吹箫，能致孔雀、白鹤于庭。穆公有女字弄玉，好之，公遂以女妻焉，日教弄玉作凤鸣。居数年，吹似凤声，凤凰来止其屋。公为作凤台，夫妇止其上。不下数年，一旦皆随凤凰飞去。（汉刘向《列仙传》）
◎一向，指示时间之辞；有指多时者，有指暂时者。亦作一晌或一

嬲。(张相《诗词曲语辞汇释》)

◎销凝,亦作消凝,为"销魂凝魂"之约辞。销魂与凝魂,同为出神之义。(张相《诗词曲语辞汇释》)

倾杯乐

皓月初圆,暮云飘散,分明夜色如晴昼。
渐消尽、醺醺残酒。
危阁迥、凉生襟袖。
追旧事、一晌凭阑久。
如何媚容艳态,抵死孤欢偶。
朝思暮想,自家空恁添清瘦。

算到头、谁与伸剖。
向道我别来,为伊牵系,
度岁经年,偷眼觑、也不忍觑花柳。
可惜恁、好景良宵,
未曾略展双眉暂开口。
问甚时与你,深怜痛惜还依旧。

◎抵死,犹云分外也;急急或竭力也;亦犹云终究或老是也。(张相《诗词曲语辞汇释》)

迎新春

嶰管变青律,帝里阳和新布。
晴景回轻煦。
庆嘉节、当三五。

列华灯、千门万户。
遍九陌、罗绮香风微度。
十里然绛树。
鳌山耸、喧天箫鼓。

渐天如水，素月当午。
香径里、绝缨掷果无数。
更阑烛影花阴下，少年人、往往奇遇。
太平时、朝野多欢民康阜。
随分良聚。
堪对此景，争忍独醒归去。

◎昔黄帝使伶伦自大夏之西，昆仑之阴，取竹于嶰谷，生其窍厚均者，断两节而吹之，以为黄钟之管。（汉应劭《风俗通·声音序》）

◎九陌喧，千户启，满袖桂香风细。（五代薛绍蕴《喜迁莺》）

◎夜来皓月才当午。重帘悄悄无人语。（唐温庭筠《菩萨蛮》）

◎楚庄王赐其群臣酒，日暮酒酣，左右皆醉，殿上烛灭，有牵王后衣者，后挖冠缨而绝之。言于王曰："今烛灭，有牵妾衣者。妾挖其缨而绝之，愿趣火视绝缨者。"王曰："止。"立出令曰："与寡人饮，不绝缨者不为乐也。"于是冠缨无完者，不知王后所绝冠缨者谁，于是王遂与群臣欢饮乃罢。后吴兴师攻楚，有人常为应行合战者，五陷阵却敌，遂取大军之首而献之。王怪而问之曰："寡人未尝有异于子，子何为于寡人厚也？"对曰："臣先殿上绝缨者也。"（汉韩婴《韩诗外传》卷七）

◎岳美姿仪，辞藻绝丽，尤善为哀诔之文。少时常挟弹出洛阳道，妇人遇者，皆连手萦绕，投之以果，遂满车而归。（《晋书·潘岳传》）

◎随分，犹云随便也，含有随遇、随处、随意各义。（张相《诗词曲语辞汇释》）

◆大率古人由词而制调，故命名多属本意。后人因调而填词，故赋寄率离原词，曰填，曰寄，通用可知。宋人如《黄莺儿》之咏莺，《迎新春》之咏春，《月下笛》之咏笛，《暗香》、《疏影》之咏梅，《粉蝶儿》之咏蝶，如此之类，其传者不胜屈指。（清徐釚《词苑丛谈》卷一）

曲玉管

陇首云飞，江边日晚，烟波满目凭阑久。
立望关河萧索，千里清秋。
忍凝眸。
杳杳神京，盈盈仙子，别来锦字终难偶。
断雁无凭，冉冉飞下汀洲。
思悠悠。

暗想当初，有多少、幽欢佳会，
岂知聚散难期，翻成雨恨云愁。
阻追游。
每登山临水，惹起平生心事，
一场消黯，永日无言，却下层楼。

◎（柳）恽立行贞素，以贵公子早有令名。少工篇什，始为诗曰："亭皋木叶下，陇首秋云飞。"琅邪王元长见而嗟赏，因书斋壁。（《梁书·柳恽传》）

◎酒阑横剑歌，日暮望关河。（唐许浑《送前缑氏韦明府南游》）

◎窦滔妻苏氏，始平人也，名蕙，字若兰。善属文。滔，苻坚时为秦州刺史，被徙流沙，苏氏思之，织锦为回文，旋图诗以赠滔。宛转循环以读之，词甚凄惋，凡八百四十字。（《晋书·列女传·窦滔妻苏氏传》）

◎憭栗兮若在远行，登山临水兮送将归。（《楚辞·九辩》）

◆是解夹叶，律以侧声字，如"久"、"偶"并是。（郑文焯《乐章集校》）

满朝欢

花隔铜壶，露晞金掌，都门十二清晓。
帝里风光烂漫，偏爱春杪。
烟轻昼永，引莺啭上林，鱼游灵沼。
巷陌乍晴，香尘染惹，垂杨芳草。

因念秦楼彩凤，楚观朝云，
往昔曾迷歌笑。
别来岁久，偶忆欢盟重到。
人面桃花，未知何处，但掩朱扉悄悄。
尽日伫立无言，赢得凄凉怀抱。

◎建章宫承露盘高二十丈，大七围，以铜为之，上有仙人掌承露，和玉屑饮之。"（《汉书·郊祀志上》颜师古注引《三辅故事》）

◎天子十二门，通十二子。（《周礼·考工记》郑玄注）

◎汉上林苑，即秦之旧苑也。（《三辅黄图》卷四）

◎王在灵沼，於牣鱼跃。（《诗经·大雅·灵台》）

◎萧史者，秦缪公时人也，善吹箫，能致孔雀、白鹤于庭。穆公有女字弄玉，好之，公遂以女妻焉，日教弄玉作凤鸣。居数年，吹似凤声，凤凰来止其屋。公为作凤台，夫妇止其上。不下数年，一旦皆随凤凰飞去。（汉刘向《列仙传》）

◎昔者楚襄王与宋玉游于云梦之台，望高唐之观，其上独有云气，崒兮直上，忽兮改容，须臾之间，变化无穷。王问玉曰："此何气也？"玉对曰："所谓朝云者也。"王曰："何谓朝云？"玉曰："昔者先王尝游高唐，怠而昼寝，梦见一妇人曰：'妾，巫山之女也。为高唐之客。闻君游高唐，愿荐枕席。'王因幸之。去而辞曰：'妾在巫山之阳，高丘之阻，旦为朝云，暮为行雨，朝朝暮暮，阳台之下。'旦朝视之，如言。故为立庙，号曰朝

云。"（战国宋玉《高唐赋序》）

◎博陵崔护姿质甚美，而孤洁寡合。举进士下第，清明日独游都城南，得居人庄，一亩之宫，而花木丛萃，寂若无人。扣门久之，有女子自门隙窥之，问曰："谁耶？"以姓字对，曰："寻春独行，酒渴求饮。"女入以杯水至，开门设床命坐，独倚小桃斜柯伫立，而意属殊厚，妖姿媚态，绰有馀妍。崔以言挑之，不对，目注者久之。崔辞去，送至门，如不胜情而入。崔亦眷盼而归。自后绝不复至。及来岁清明日，忽思之，情不可抑，径往寻之。门墙如故，而已锁扃之。因题诗于左扉曰："去年今日此门中，人面桃花相映红。人面只今何处去，桃花依旧笑春风。"后数日，偶至都城南，复往寻之，闻其中有哭声。扣门问之，有老父出曰："君非崔护邪？"曰："是也。"又哭曰："君杀吾女。"护惊起，莫知所答。老父曰："吾女甫笄知书，未适人，自去年以来，常恍惚若有所失。比日与之出，及归，见左扉有字，读之，入门而病。遂绝食，数日而死。吾老矣。一女所以不嫁者，将求君子以托吾身。今不幸而殒，得非君杀之耶！"又特大哭。崔亦感恸，请入哭之。尚俨然在床。崔举其首，枕其股，哭而祝曰："某在斯，某在斯。"须臾开目，半日复活矣。父大喜，遂以女归之。（唐孟棨《本事诗》）

梦还京

夜来匆匆饮散，欹枕背灯睡。
酒力全轻，醉魂易醒，
风揭帘栊，梦断披衣重起。
悄无寐。

追悔当初，绣阁话别太容易。
日许时、犹阻归计。
甚况味。

旅馆虚度残岁。
想娇媚。
那里独守鸳帏静，
永漏迢迢，也应暗同此意。

◎秋夜香闺思寂寥。漏迢迢。鸳帏罗幌麝烟销。烛光摇。　　正忆玉郎游荡去。无寻处。更闻帘外雨潇潇。滴芭蕉。（五代顾夐《杨柳枝》）

凤衔杯

有美瑶卿能染翰。
千里寄、小诗长简。
想初襞苔笺，旋挥翠管红窗畔。
渐玉箸、银钩满。

锦囊收，犀轴卷。
常珍重、小斋吟玩。
更宝若珠玑，置之怀袖时时看。
似频见、千娇面。

◎有美一人，清扬婉兮。邂逅相遇，适我愿兮。（《诗经·郑风·野有蔓草》）

◎南人以海苔为纸，其理纵横邪侧。（晋王嘉《拾遗记》）

◎玉窗抛翠管，轻袖掩银鸾。（唐李远《观廉女真葬》）

◎如科斗、玉箸、偃波之类，诸家共五十二般。（唐李绰《尚书故实》引张怀瓘《书断》。玉箸指秦李斯所创之小篆。）

◎盖草书之为状也，婉若银钩，飘若惊鸾。（《晋书·索靖传》）

◆"置之怀袖时时看"，此从古乐府出。美成（周邦彦）词云："大都

世间最苦惟聚散。"乃得此意。(清陈锐《裹碧斋词话》)

凤衔杯

追悔当初孤深愿。
经年价、两成幽怨。
任越水吴山,似屏如障堪游玩。
奈独自、慵抬眼。

赏烟花,听弦管。
图欢笑、转加肠断。
更时展丹青,强拈书信频频看。
又争似、亲相见。

◎价,估量某种光景之辞,犹云这般或那般,这个样儿或那个样儿。
(张相《诗词曲语辞汇释》)

◎越水吴山任兴行,五湖云月挂高情。(唐李群玉《寄张祜》)

◎争,犹怎也。(张相《诗词曲语辞汇释》)

鹤冲天

闲窗漏永,月冷霜华堕。
悄悄下帘幕,残灯火。
再三追往事,离魂乱、愁肠锁。
无语沉吟坐。
好天好景,未省展眉则个。

从前早是多成破。

何况经岁月, 相抛弹。
假使重相见, 还得似、旧时么。
悔恨无计那。
迢迢良夜, 自家只恁摧挫。

◎九月西风兴, 月冷霜华凝。思君秋夜长, 一夜魂九升。(白居易《长相思》)

◎表示动作进行时之语助词, 近于"着"或"者"。(张相《诗词曲语辞汇释》))

受恩深

雅致装庭宇。
黄花开淡泞。
细香明艳尽天与。
助秀色堪餐, 向晓自有真珠露。
刚被金钱妒。
拟买断秋天, 容易独步。

粉蝶无情蜂已去。
要上金尊, 惟有诗人曾许。
待宴赏重阳, 恁时尽把芳心吐。
陶令轻回顾。
免憔悴东篱, 冷烟寒雨。

◎鲜肤一何润, 秀色若可餐。(晋陆机《日出东南隅行》)
◎可怜九月初三夜, 露似真珠月似弓。(唐白居易《暮江吟》)
◎金钱菊, 出西京。深黄双纹重叶, 似大金菊, 而花形圆齐, 颇类滴

滴金。(宋史铸《百菊集谱》卷一引彭城刘蒙撰《谱》)

◎五陵年少麤于事,栲栳量金买断春。(唐卢延让《樊川寒食》)

◎岁往月来,忽复九月九日。九为阳数,而日月并应,俗嘉其名,以为宜于长久,故以享宴高会。(三国魏曹丕《与钟繇书》)

◎采菊东篱下,悠然见南山。(晋陶渊明《饮酒》其五)

看花回

屈指劳生百岁期。
荣瘁相随。
利牵名惹逡巡过,奈两轮、玉走金飞。
红颜成白发,极品何为。

尘事常多雅会稀。
忍不开眉。
画堂歌管深深处,难忘酒盏花枝。
醉乡风景好,携手同归。

◎交柯之木本同形,东枝憔悴西枝荣?(唐李白《上留田行》)

◎玉走金飞两曜忙,始闻花发又秋霜。(唐吕岩《寄白龙洞刘道人》)

◎醉之乡,去中国不知其几千里也。……阮嗣宗、陶渊明等十数人,并游于醉乡,没身不返,死葬其壤,中国以为酒仙云。(唐王绩《醉乡记》)

看花回

玉城金阶舞舜干。

朝野多欢。

九衢三市风光丽，正万家、急管繁弦。

凤楼临绮陌，嘉气非烟。

雅俗熙熙物态妍。

忍负芳年。

笑筵歌席连昏昼，任旗亭、斗酒十千。

赏心何处好，惟有尊前。

◎帝舜乃大布文德，舞干羽于两阶之间。（《尚书·大禹谟》"帝乃诞敷文德，舞干羽于两阶"孔颖达疏）

◎归来甲第拱皇居，朱门峨峨临九衢。（唐韦应物《长安道》）

◎大市，日仄而市；朝市，朝时为市；夕市，夕时为市。（《文选·何晏〈景福殿赋〉》"俯眺三市"李善注引《周礼》）

◎萧史者，秦缪公时人也，善吹箫，能致孔雀、白鹤于庭。穆公有女字弄玉，好之，公遂以女妻焉，日教弄玉作凤鸣。居数年，吹似凤声，凤凰来止其屋。公为作凤台，夫妇止其上。不下数年，一旦皆随凤凰飞去。（汉刘向《列仙传》）

◎万邑王畿旷，三条绮陌平。（南朝梁简文帝《登烽火楼》）

◎若烟非烟，若云非云，郁郁纷纷，萧索轮囷，是谓卿云。卿云见，喜气也。（《史记·天官书》）

◎熙熙，和乐貌。（《汉书·礼乐志》颜师古注）

◎陈王昔时宴平乐，斗酒十千恣欢谑。（唐李白《将进酒》）

柳初新

东郊向晓星杓亚。

报帝里、春来也。

柳抬烟眼，花匀露脸，渐觉绿娇红姹。
妆点层台芳榭，运神功，丹青无价。

别有尧阶试罢。
新郎君、成行如画。
杏园风细，桃花浪暖，竞喜羽迁鳞化。
遍九陌、相将游冶。
骤香尘、宝鞍骄马。

◎何处生春早，春生柳眼中。（唐元稹《生春》）

◎（神功）谓高祖神妙之功无能记述。（《文选·任昉〈到大司马记室笺〉》"神功无纪"吕延济注）

◎薛监晚年厄于宦途，尝策羸赴朝，值新进士榜下，缀行而出。时进士团所由辈数十人，见逢行李萧条，前导曰："回避新郎君！"（五代王定保《唐摭言》卷三）

◎进士杏园初宴，谓之探花宴，差二人少俊者为探花使。遍游名园，若他人先折得名花，则二使皆被罚。（唐李绰《秦中岁时记》）

◎三月桃花浪，江流复旧痕。（唐杜甫《春水》）

◎曲江之宴，行市罗列，长安几于半空。公卿家率以其日拣选东床。车马阗塞，莫可殚述。（王定保《唐摭言》卷三）

◎相将，犹云相与或相共也。（张相《诗词曲语辞汇释》）

◆柳永为景祐元年（1034）进士，然此词咏春闱放榜后新进士京城游宴，为教坊歌妓贺人之作，并非自贺。

◆此首别误入陈耆卿《筼窗集》卷十。

两同心

嫩脸修蛾，淡匀轻扫。

最爱学、宫体梳妆，偏能做、文人谈笑。
绮筵前、舞燕歌云，别有轻妙。

饮散玉炉烟袅。
洞房悄悄。
锦帐里、低语偏浓，银烛下、细看俱好。
那人人，昨夜分明，许伊偕老。

◎却嫌脂粉涴颜色，淡扫蛾眉朝至尊。（唐杜甫《虢国夫人》）

◎薛谭学讴于秦青，未穷青之技，自谓尽之，遂辞归。秦青弗止，饯于郊衢，抚节悲歌，声振林木，响遏行云。薛谭乃谢求反，终身不敢言归。（《列子·汤问》）

◎人人，对于所昵者之称，多指彼美而言。（张相《诗词曲语辞汇释》）

两同心

伫立东风，断魂南国。
花光媚、春醉琼楼，蟾彩迥、夜游香陌。
忆当时、酒恋花迷，役损词客。

别有眼长腰搦。
痛怜深惜。
鸳会阻、夕雨凄飞，锦书断、暮云凝碧。
想别来，好景良时，也应相忆。

◎老兔寒蟾泣天色，云楼半开壁斜白。玉轮轧露湿团光，鸾佩相逢桂香陌。（唐李贺《梦天》）

◎窦滔妻苏氏，始平人也，名蕙，字若兰。善属文。滔，苻坚时为秦州刺史，被徙流沙，苏氏思之，织锦为回文，旋图诗以赠滔。宛转循环以读之，词甚凄惋，凡八百四十字。（《晋书·列女传·窦滔妻苏氏传》）

◎日暮碧云合，佳人殊未来。（南朝齐江淹《杂体诗·休上人怨别》）

◆耆卿两同心云："酒恋花迷，役损词客。"余谓此等只可名迷恋花酒之人，不足以称词客，词客当有雅量高致者也。或曰："不闻花间、尊前之名集乎？"曰："使两集中人可作，正欲以此质之。"（清刘熙载《艺概·词曲概》）

女冠子

断云残雨。
洒微凉、生轩户。
动清籁、萧萧庭树。
银河浓淡，华星明灭，轻云时度。
莎阶寂静无睹。
幽蛩切切秋吟苦。
疏篁一径，流萤几点，飞来又去。

对月临风，空恁无眠耿耿，
暗想旧日牵情处。
绮罗丛里，有人人、那回饮散，
略曾偕鸳侣。
因循忍便睽阻。
相思不得长相聚。
好天良夜，无端惹起，千愁万绪。

◎溪阁共谁看好月，莎阶应独听寒蛩。（唐李中《秋夜吟寄左偓》）

◎蟋蟀候秋吟，蜉蝣出以阴。（西汉王褒《圣主得贤臣颂》。蛩，蟋蟀。）

◎耿耿不寐，如有隐忧。（《诗经·邶风·柏舟》）

◎人人，对于所昵者之称，多指彼美而言。（张相《诗词曲语辞汇释》）

◎门外青山路，因循自不归。（唐姚合《武功县中作》）

玉楼春

昭华夜醮连清曙。
金殿霓旌笼瑞雾。
九枝擎烛灿繁星，百和焚香抽翠缕。

香罗荐地延真驭。
万乘凝旒听秘语。
卜年无用考灵龟，从此乾坤齐历数。

◎玉管长二尺三寸，二十六孔，吹之则见车马山林，隐辚相次，吹息亦不复见，铭曰“昭华之管”。（《西京杂记》卷三）

◎拂螭云之高帐，陈九枝之华烛。（南朝梁沈约《伤美人赋》）

◎月映九微火，风吹百和香。（南朝梁何逊《七夕》）

◎七月七日，乃修除宫掖，设坐大殿，以紫罗荐地，爇百和之香，张云锦之帏，然九光之灯，列玉门之枣，酌蒲萄之醴，宫监香果，为天宫之馔。帝乃盛服立于陛下，敕端门之内，不得妄有窥者，内外寂谧，以候云驾。（《汉武帝内传》）

◎成王定鼎于郏鄏，卜世三十，卜年七百，天所命也。（《左传》宣公三年）

◎考卜维王，宅是镐京。维龟正之，武王成之。(《诗经·大雅·文王有声》)

玉楼春

凤楼郁郁呈嘉瑞。
降圣覃恩延四裔。
醮台清夜洞天严，公谶凌晨箫鼓沸。

保生酒劝椒香腻。
延寿带垂金缕细。
几行鹓鹭望尧云，齐共南山呼万岁。

◎凤楼十二重，四户八绮窗。(南朝宋鲍照《代陈思王京洛篇》)

◎中书、亲王、节度、枢密、三司以下至驸马都尉，诣长春殿进金缕延寿带、金丝续命缕，上保生寿酒。改御崇德殿，赐百官衣，如圣节仪。前一日，以金缕延寿带、金涂银结续命缕、绯彩罗延寿带、彩丝续命缕，分赐百官，节日戴以入。礼毕，宴百官于锡庆院。(《宋史·礼志》)

◎帝尧者，放勋。其仁如天，其知如神。就之如日，望之如云。(《史记·五帝本纪》)

◎怀黄绾白，鹓鹭成行。文赞百揆，武镇四方。(《隋书·音乐志中》)

玉楼春

皇都今夕知何夕？
特地风光盈绮陌。
金丝玉管咽春空，蜡炬兰灯晓夜色。

凤楼十二神仙宅。

珠履三千鸳鹭客。

金吾不禁六街游,狂杀云踪并雨迹。

◎今夕何夕,见此良人。(《诗经·唐风·绸缪》)

◎特地,犹云特别也;犹云特为或特意也。(张相《诗词曲语辞汇释》)

◎凤楼十二重,四户八绮窗。(南朝宋鲍照《代陈思王京洛篇》)

◎赵平原君使人于春申君,春申君舍之于上舍。赵使欲夸楚,为瑇瑁簪,刀剑室以珠玉饰之,请命春申君客。春申君客三千馀人,其上客皆蹑珠履以见赵使,赵使大惭。(《史记·春申君列传》)

◎怀黄绾白,鸳鹭成行。文赞百揆,武镇四方。(《隋书·音乐志中》)

◆大中祥符五年(1012),宋真宗亲临金殿设坛,通宵夜醮,迎候仙驾。此二首《玉楼春》即咏此事。

玉楼春

星闱上笏金章贵。

重委外台疏近侍。

百常天阁旧通班,九岁国储新上计。

太仓日富中邦最。

宣室夜思前席对。

归心怡悦酒肠宽,不泛千钟应不醉。

◎(鱼朝恩)翌日于上前奏曰:"臣幼男令徽位处众僚之下,愿陛下特赐金章以超其等。"上未及语,而朝恩已令所司捧紫衣而至,令徽即谢于殿前。上虽知不可,强谓朝恩曰:"卿儿着章服大宜称也。"(唐苏鹗《杜阳杂编》卷上)

◎夫天地之大,计三年耕而馀一年之食,率九年而有三年之畜,二十七年而有九年之储。(《淮南子·主术训》)

◎中邦,中国也。(《尚书·禹贡》"成赋中邦"蔡沈集传)

◎文帝思谊,征之。至入见,上方受厘,坐宣室。上因感鬼神事,而问鬼神之本。谊具道所以然之故。至夜半,文帝前席。(《汉书·贾谊传》)

◎诗句乱随青草发,酒肠俱逐洞庭宽。(唐李群玉《重经巴丘追感》)

玉楼春

阆风歧路连银阙。
曾许金桃容易窃。
乌龙未睡定惊猜,鹦鹉多言防漏泄。

匆匆纵得邻香雪。
窗隔残烟帘映月。
别来也拟不思量,争奈馀香犹未歇。

◎西王母所居宫阙,在阆风之苑,有城千里,玉楼十二。(《集仙录》)

◎东郡送一短人,长五寸,衣冠具足,上疑其精,召东方朔至。朔呼短人曰:"巨灵,阿母还来否?"短人不对。因指谓上:"王母种桃三千年一结子,此儿不良,已三过偷之,失王母意,故被谪来此。"(唐虞世南《北堂书钞》卷一三引《汉武帝故事》)

◎会稽句章民张然,滞役在都,经年不得归,家有少妇,无子,唯与一奴守舍。妇遂与奴私通。然在都养一狗甚快，名曰"乌龙"，常以自随。后假归，妇与奴谋欲得杀然。然及妇作饭食，共坐下食，妇语然："与君当大别离，君可强啖。"然未得噉，奴已张弓拔矢当户，须然食毕。然涕泣不食，乃以盘中肉及饭掷狗，祝曰："养汝数年，吾当将死，汝能救我否？"狗得食不噉，唯注睛舓唇视奴。然亦觉之，奴催食转急，然决计，拍膝大呼曰："乌龙与手。"狗应声伤奴，奴失刀杖倒地，狗咋其阴，然因取刀杀奴，以妇付县，杀之。（旧题陶潜《搜神后记》卷九）

◎长安城中有豪民杨崇义者，家富数世，服玩之属，僭于王公。崇义妻刘氏有国色，与邻舍儿李弇私通，情甚于夫，遂有意欲害崇义。忽一日醉归，寝于室中，刘氏与李弇同谋而害之，埋于枯井中。其时仆妾辈并无所觉，唯有鹦鹉一只在堂前架上。洎杀崇义之后，其妻却令童仆四散寻觅其夫，遂经府陈词，言其夫不归，窃虑为人所害。府县官吏，日夜捕贼，涉疑之人及童仆辈，经拷捶者百数人，莫究其弊。后来县官等再诣崇义家捡校，其架上鹦鹉忽然声屈。县官遂取于臂上，因问其故，鹦鹉曰："杀家主者刘氏、李弇也。"官吏等遂执缚刘氏及捕李弇下狱，备招情款。府尹具事案奏闻，明皇叹讶久之。其刘氏、李弇依刑处死，封鹦鹉为绿衣使者，付后宫养喂。张说后为绿衣使者传，好事者传之。（五代王仁裕《开元天宝遗事》卷上）

金蕉叶

厌厌夜饮平阳第。
添银烛、旋呼佳丽。
巧笑难禁，艳歌无间声相继。
准拟幕天席地。

金蕉叶泛金波齐，未更阑、已尽狂醉。
就中有个风流，暗向灯光底。

恼遍两行珠翠。

◎厌厌夜饮，不醉无归。（《诗经·小雅·湛露》）
◎巧笑倩兮，美目盼兮。（《诗经·卫风·硕人》）
◎行无辙迹，居无室庐，幕天席地，纵意所如。（晋刘伶《酒德颂》）
◎李适之有酒器九品：蓬莱盏、海川螺、舞仙、瓠子卮、幔卷荷、金蕉叶、玉蟾儿、醉刘伶、东溟样。（唐冯贽《云仙杂记·酒器九品》）

惜春郎

玉肌琼艳新妆饰。
好壮观歌席。
潘妃宝钏，阿娇金屋，应也消得。

属和新词多俊格。
敢共我勍敌。
恨少年、枉费疏狂，不早与伊相识。

◎潘妃服御，极选珍宝，主衣库旧物，不复周用，贵市人间金银宝物，价皆数倍，虎珀钏一只，直百七十万。（《南史·废帝东昏侯传》）
◎（汉武）帝以乙酉年七月七日生于猗兰殿。年四岁，立为胶东王。数岁，长公主嫖抱置膝上，问曰："儿欲得妇不？"胶东王曰："欲得妇。"长主指左右长御百馀人，皆云不用。末指其女问曰："阿娇好不？"于是乃笑对曰："好！若得阿娇作妇，当作金屋贮之也。"（《汉武帝故事》）
◎伯阳以道德为首，庄周以逍遥冠篇，用能标峻格于九霄，宣芳烈于罔极也。（晋葛洪《抱朴子外篇·应嘲》）
◎敢，犹可也。（张相《诗词曲语辞汇释》）

传花枝

平生自负，风流才调。
口儿里、道知张陈赵。
唱新词，改难令，总知颠倒。
解刷扮，能哄嗽，表里都峭。
每遇着、饮席歌筵，人人尽道。可惜许老了。

阎罗大伯曾教来，道人生，但不须烦恼。
遇良辰，当美景，追欢买笑。
剩活取百十年，只恁厮好。
若限满、鬼使来追，待倩个、淹通著到。

◎许，犹云这样或如此也。（张相《诗词曲语辞汇释》）

卷　中

雨霖铃

寒蝉凄切。

对长亭晚，骤雨初歇。

都门帐饮无绪，留恋处、兰舟催发。

执手相看泪眼，竟无语凝噎。

念去去、千里烟波，暮霭沉沉楚天阔。

多情自古伤离别。

更那堪、冷落清秋节。

今宵酒醒何处，杨柳岸、晓风残月。

此去经年，应是良辰、好景虚设。

便纵有、千种风情，更与何人说。

◎孟秋之月……凉风至，白露降，寒蝉鸣。（《礼记·月令》）

◎凝，为一往情深专注不已之义，犹今所云"发痴""发怔""失魂"也。……有曰凝噎者。（张相《诗词曲语辞汇释》）

◆东坡在玉堂日，有幕士善歌，因问我词何如耆卿。对曰：郎中词，只好十七八女子，执红牙按歌"杨柳岸、晓风残月"；学士词，须关西大汉铁绰板，唱"大江东去"。为之绝倒。（宋俞文豹《吹剑录》）

◆东坡《醉白堂记》，荆公谓是韩白优劣论；而荆公《虔州州学记》，东坡谓之学校策；范文正《岳阳楼记》，或者又曰：此传奇体也。文人相讥，盖自古而然。退之《画记》，或谓与甲乙帐无异；乐天《长恨歌》曰：

"上穷碧落下黄泉，两处茫茫寻不见。"当是《目莲救母辞》尔。近柳屯田云："杨柳岸、晓风残月"，最是得意句，而议者鄙之曰："此梢子野溷时节也。"尤为可笑。(宋陈善《扪虱新话》)

◆"今宵酒醒何处，杨柳外、晓风残月。"与秦少游"酒醒处，残阳乱鸦"，同一景事，而柳尤胜。(明王世贞《艺苑卮言》)

◆不知万顷波涛，来自万里，吞天浴日，古豪杰英爽都在，使屯田此际操觚，果可以"杨柳岸、晓风残月"命句否。且柳词亦只此佳句，馀皆未称。而亦有本，祖魏承班《渔歌子》"窗外晓莺残月"，第改二字增一字耳。(明俞彦《爱园词话》)

◆柴虎臣云："语境则'咸阳古道'、'汴水长流'，语事则'赤壁周郎'、'江州司马'，语景则'岸草平沙'、'晓风残月'，语情则'红雨飞愁'、'黄花比瘦'，可谓雅畅。"(清王又华《古今词论》引)

◆词不在大小浅深，贵于移情。"晓风残月"、"大江东去"，体制虽殊，读之皆若身历其境，惝恍迷离，不能自主，文之至也。(清沈谦《填词杂说》)

◆柳屯田"今宵酒醒何处，杨柳岸、晓风残月"，自是古今俊句。或讥为舡公登溷诗，此轻薄儿语，不足听也。(清贺裳《皱水轩词筌》)

◆今人论词，动称辛、柳……耆卿词以"关河冷落，残照当楼"与"杨柳岸、晓风残月"为佳，非是则淫以亵矣。此不可不辨。(清田同之《西圃词说》)

◆清真词多从耆卿夺胎，思力沉挚处往往出蓝。然耆卿秀淡幽艳，是不可及。后人摭其《乐章》，訾为俗笔，真瞽说也。(清周济《宋四家词选》)

◆送别词，清和朗畅，语不求奇，而意致绵密，自尔稳惬。(清黄苏《蓼园词选》)

◆词有点有染，柳耆卿《雨淋铃》云："多情自古伤离别。更那堪、冷落清秋节。今宵酒醒何处，杨柳岸、晓风残月。"上二句点出离别。"冷落"、"今宵"二句，乃就上二句意染之。点染之间，不得有他语相隔。隔

则警句亦成死灰矣。（清刘熙载《艺概·词概》）

◆《词概》云（同上，略）。诒案：点与染分开说，而引词以证之，阅者无不点首。得画家三昧，亦得词家三昧。（清江顺诒《词学集成》）

◆首三句虚写送别时之秋景，后乃言留君不住，别泪沾巾，目送兰舟向楚水湘云而去，举别时情事，次第写之。后半起句用提空之笔，言南浦、阳关，为自古伤心之事，况凉秋远役，遥想酒醒梦回，扁舟摇漾，当在垂杨岸侧、晓风残月之中。客情之凄凉，风景之清幽，怀人之绵邈，皆在"杨柳岸"七字之中，宜二八女郎红牙按拍，都唱屯田也。此七字已探得骊珠。后四句乃叙别后之情，以完篇幅。后阕以"自古伤离"、"更与何人说"二语作起结，提得起，勒得住，能手无弱笔也。（俞陛云《唐五代两宋词选释》）

◆《草堂》题曰《秋别》，《乐章集》无之。味词意，当是话别之作。"寒蝉"句点明秋令。"长亭"是启行之地。"骤雨"未歇，舟不能发，"初歇"则为下文"催发"张本也。此三句虽未言行事，已微含别意。"都门帐饮"，借用二疏事，点出别筵，即词所作。"无绪"近影"凝咽"，远影"伤离别"。"留恋"是不忍别，"催发"是不得不别，半句一转。清真之"掩重关、遍城钟鼓"，实青出于蓝。"执手"两句，"留恋"情状。"相看""无语"，形容极妙。"念去去"二句，于无语之时想到别后之望而不见。"烟波"之上，又有"暮霭"，"沉沉"字、"阔"字，皆"凝咽"之心理。话别正面，至此说尽矣。过变推开，先作泛论，见离别之情不自我始。"更那堪"，用时令拍合，上应首句，于此处则为进一层。"今宵"以下，亦推想将来。其与前结不同者，"千里烟波"，不过四顾苍茫之象，此则由"帐饮"想入。"杨柳岸"七字，千古名句，从魏承班之"帘外晓莺残月"化出；而少游之"酒醒后，残阳乱鸦"，则又由柳词出。细细咀嚼，当知其味。盖不独与写景工致，而一宵之易过，乍醒之情怀，说来极浑脱且极深厚也。"此去经年"四句，尽情倾吐，老笔纷披，北宋人拙朴本色，不得以率笔目之。至由"今宵"以推到"经年"，亦见层次。（陈匪石《宋词举》）

◆此首写别情，尽情展衍，备足无馀，浑厚绵密，兼而有之。宋于庭谓柳词多"精金碎玉"，殆谓此类。起三句，点明时地景物，盖写未别之情景，已凄然欲绝。长亭已晚，雨歇欲去，此际不听蝉鸣，已觉心碎，况蝉鸣凄切乎。"都门"两句，写饯别时之心情极委婉，欲饮无绪，欲留不能。"执手"两句，写临别之情事，更是传神之笔。"念去去"两句，推想别后所历之境。以上文字，皆郁结蟠屈，至此乃凌空飞舞。冯梦华所谓"曲处能直，密处能疏"也。换头，重笔另开，叹从来离别之可哀。"更那堪"句，推进一层。言己之当秋而悲，更甚于常情。"今宵"两句，逆入，推想酒醒后所历之境。惝恍迷离，"此去"两句，更推想别后经年之寥落。"便纵有"两句，仍从此深入，叹相期之愿难谐，纵有风情，亦无人可说，馀恨无穷，馀味不尽。（唐圭璋《唐宋词简释》）

◆此乃别京都恋人之词，当是出为屯田员外郎时所作。上半阕叙临别时之情景；下半阕乃设想别后相思之苦。从今宵以至经年均一时想到。"今宵"二句，传诵一时，盖所写之景与别情相切合。今宵别酒醒时恰是明早舟行已远之处，而"杨柳岸、晓风残月"又恰是最凄凉之景，读之自然使人感到一种难堪之情，故一时传诵以为名句。（刘永济《唐五代两宋词简析》）

定风波

伫立长堤，淡荡晚风起。
骤雨歇、极目萧疏，
塞柳万株，掩映箭波千里。
走舟车向此，人人奔名竞利。
念荡子、终日驱驱，争觉乡关转迢递。

何意。
绣阁轻抛，锦字难逢，等闲度岁。

奈泛泛旅迹，厌厌病绪，
迩来谙尽，宦游滋味。
此情怀、纵写香笺，凭谁与寄？
算孟光、争得知我，继日添憔悴。

◎春风正淡荡，白露已清泠。（唐陈子昂《与东方左史虬修竹篇》）

◎窦滔妻苏氏，始平人也，名蕙，字若兰。善属文。滔，苻坚时为秦州刺史，被徙流沙，苏氏思之，织锦为回文，旋图诗以赠滔。宛转循环以读之，词甚凄惋，凡八百四十字。（《晋书·列女传·窦滔妻苏氏传》）

◎今年欢笑复明年，秋月春风等闲度。（唐白居易《琵琶行》）

◎梁鸿妻者，右扶风梁伯淳之妻，同郡孟氏之女。其姿貌甚丑，而德行甚修。乡里多求者，而女辄不肯。行年三十，父母问其所欲，对曰："欲节操如梁鸿者。"时鸿未娶，扶风世家多愿妻者，亦不许。闻孟氏女贤，遂求纳之……字之曰德曜，名孟光。……妻每进食，举案齐眉，不敢正视。以礼修身，所在敬而慕之。（汉刘向《古列女传》卷八）

◆结拍"算孟光、争得知我，继日添憔悴"，当为思乡忆内之词，柳永词大多为歌妓而作，言及"孟光"仅此一首。

尉迟杯

宠佳丽。
算九衢红粉皆难比。
天然嫩脸修蛾，不假施朱描翠。
盈盈秋水。
恣雅态、欲语先娇媚。
每相逢、月夕花朝，自有怜才深意。

绸缪凤枕鸳被。

深深处、琼枝玉树相倚。
困极欢馀，芙蓉帐暖，别是恼人情味。
风流事、难逢双美。
况已断、香云为盟誓。
且相将、共乐平生，未肯轻分连理。

◎谢太傅问诸子侄："子弟亦何预人事，而正欲使其佳？"诸人莫有言者。车骑答曰："譬如芝兰玉树，欲使其生于阶庭耳。"（南朝宋刘义庆《世说新语·言语》）

◎在天愿作比翼鸟，在地愿为连理枝。（唐白居易《长恨歌》）

慢卷紬

闲窗烛暗，孤帏夜永，欹枕难成寐。
细屈指寻思，旧事前欢，
都来未尽，平生深意。
到得如今，万般追悔。
空只添憔悴。
对好景良辰，皱着眉儿，成甚滋味。

红茵翠被。
当时事、一一堪垂泪。
怎生得依前，似恁偎香倚暖，
抱着日高犹睡。
算得伊家，也应随分，烦恼心儿里。
又争似从前，淡淡相看，免恁牵系。

◎都来，犹云统统也；不过也；算来也。（张相《诗词曲语辞汇释》）

◎网户珠缀曲琼钩,芳茵翠被香气流。(南朝梁简文帝《绍古歌》)

◎伊,第二人称之辞,犹云君或你,与普通用如他字者异。……亦作伊家。(张相《诗词曲语辞汇释》)

◎随分,犹云照样也;照例或应景也。(张相《诗词曲语辞汇释》)

◆此乃别后追念旧欢之情。上半阕从独处无寐引起回忆,觉从前共处之时,总算起来,还是未尽相爱之情,今日追悔,但使人消瘦,即遇良好时光,也皱眉不乐。下半阕先言旧时欢事,今日思之皆生悲感,怎得如从前之共同欢乐,因而想对方之人,亦必多所苦恼。像这样,倒不如从前淡淡相看,免得如此牵挂。前言旧日,不够尽情,后又言不如淡淡相看者,凡情到极深时,必然会有此矛盾心理也。五代闺情词皆写女性相思之苦,柳词换写男性,却也能委婉曲折如此,可称抒情能手。还有当注意者,封建社会重男轻女,男子玩弄女性,况妓女之社会地位甚低,根本是供男子寻乐之用者,而柳词中之男性对女性却无此种痕迹。即如此词表情极为真挚而深厚,绝无轻薄之语,故不可以浮艳目之也。(刘永济《唐五代两宋词简析》)

征部乐

雅欢幽会,良辰可惜虚抛掷。
每追念、狂踪旧迹。
长只恁、愁闷朝夕。
凭谁去、花衢觅。
细说此中端的。
道向我、转觉厌厌,役梦劳魂苦相忆。

须知最有,风前月下,心事始终难得。
但愿我、虫虫心下,
把人看待,长似初相识。

况渐逢春色。
便是有，举场消息。
待这回、好好怜伊，更不轻离拆。

◎至今柳陌花衢，歌姬舞女，凡吟咏讴唱，莫不以柳七官人为美谈。
（宋罗烨《新编醉翁谈录·丙集》）

◎端的，犹云真个或究竟也；的确或凭准也；情节或事实也；明白
也。（张相《诗词曲语辞汇释》）

佳人醉

暮景萧萧雨霁。
云淡天高风细。
正月华如水。
金波银汉，潋滟无际。
冷浸书帷梦断，却披衣重起。
临轩砌。

素光遥指。
因念翠蛾，杳隔音尘何处，
相望同千里。
尽凝睇。
厌厌无寐。
渐晓雕阑独倚。

◎月穆穆以金波，日华耀以宣明。（《汉书·礼乐志》）

◎潋滟，相连之貌。（《文选·木华〈海赋〉》"则乃浟湀潋滟"李
善注）

◎明月出云崖，皦皦流素光。（晋左思《杂诗》）

◎美人迈兮音尘阙，隔千里兮共明月。（《文选·谢庄〈月赋〉》）

◎凝，为一往情深专注不已之义，犹今所云"发痴"、"发怔"、"失魂"也。凝目，犹云凝望或注目。……有曰凝睇者。（张相《诗词曲语辞汇释》）

迷仙引

才过笄年，初绾云鬟，便学歌舞。
席上尊前，王孙随分相许。
算等闲、酬一笑，便千金慵觑。
常只恐、容易韶华偷换，光阴虚度。

已受君恩顾。
好与花为主。
万里丹霄，何妨携手同归去。
永弃却、烟花伴侣。
免教人见妾，朝云暮雨。

◎（女子）十有五年而笄。（《礼记·内则》）

◎回顾百万，一笑千金。（汉崔骃《七依》）

◎君不见韶华不终朝，须臾奄冉零落销。（南朝宋鲍照《拟行路难》）

◎妾在巫山之阳，高丘之阻。旦为朝云，暮为行雨，朝朝暮暮，阳台之下。（战国宋玉《高唐赋序》）

◆屯田《迷仙引》，红友《词律》疑其脱误，今细绎之，殆无讹也。后片云："万里丹霄，何妨携手同去。去。便弃却烟花伴侣。免教人见妾，朝云暮雨。"上去字叶，下去字叠，顿折成文，犹北曲《醉春风》体也。且辞意完足，虽无他词可证，即亦不证可耳。朱竹垞题《水蓼花谱》此解，上去字不叶，下去字不叠，并七字一句，终未为得也。（清吴衡照《莲子居词话》）

御街行

燔柴烟断星河曙。
宝辇回天步。
端门羽卫簇雕阑，六乐舜《韶》先举。
鹤书飞下，鸡竿高耸，恩霈均寰寓。

赤霜袍烂飘香雾。
喜色成春煦。
九仪三事仰天颜，八彩旋生眉宇。
椿龄无尽，萝图有庆，常作乾坤主。

◎祭天礼，积柴以实牲体、玉帛而燔之，使烟气之臭上达于天，因名祭天曰燔柴也。（《尔雅·释天》"祭天曰燔柴"邢昺疏）

◎六乐谓《云门》、《咸池》、《大韶》、《大夏》、《大濩》、《大武》。（《周礼·地官·大司徒》"以六乐防万民之情"郑玄注）

◎赦日，树金鸡于仗南，竿长七丈，有鸡高四尺，黄金饰首，衔绛幡长七尺，承以彩盘，维以绛绳，将作监供焉。（《新唐书·百官志》）

◎上元夫人降，武帝服赤霜袍，云采乱色，非锦非绣，不可得名。（唐欧阳询《艺文类聚》引《汉武帝内传》）

◎以九仪辨诸侯之命，等诸臣之爵，以同邦国之礼而待其宾客。（《周礼·秋官·大行人》）

◎三事大夫为三公耳。（《诗经·小雅·雨无正》"三事大夫"孔颖达疏）

◎昔尧身修十尺，眉分八采。(《孔丛子·居卫》)

◎上古有大椿者，以八千岁为春，八千岁为秋。(《庄子·逍遥游》)

◆此词亦为真宗"天书"事件作。《词系》卷五题作"圣寿"。

御街行

前时小饮春庭院。

悔放笙歌散。

归来中夜酒醺醺，惹起旧愁无限。

虽看坠楼换马，争奈不是鸳鸯伴。

朦胧暗想如花面。

欲梦还惊断。

和衣拥被不成眠，一枕万回千转。

惟有画梁，新来双燕，彻曙闻长叹。

◎(石)崇有妓曰绿珠，美而艳，善吹笛。孙秀使人求之。……崇勃然曰："绿珠吾所爱，不可得也。"……崇竟不许。秀怒，乃劝伦诛崇……介士到门，崇谓绿珠曰："我今为尔得罪。"绿珠泣曰："当效死于官前。"因自投于楼下而死。(《晋书·石崇传》)

◎后魏曹彰性倜傥。偶逢骏马，爱之，其主所惜也。彰曰："余有美妾可换，唯君所选。"马主因指一妓，彰遂换之。马号曰"白鹘"。后因猎，献于文帝。(唐李冗《独异志》卷中)

归朝欢

别岸扁舟三两只。

葭苇萧萧风淅淅。

沙汀宿雁破烟飞，溪桥残月和霜白。

渐渐分曙色。

路遥山远多行役。

往来人，只轮双桨，尽是利名客。

一望乡关烟水隔。

转觉归心生羽翼。

愁云恨雨两牵萦，新春残腊相催逼。

岁华都瞬息。

浪萍风梗诚何益。

归去来，玉楼深处，有个人相忆。

◎漂流从木梗，风卷随秋箨。（北周庾信《和张侍中述怀》）

采莲令

月华收，云淡霜天曙。

四征客、此时情苦。

翠娥执手送临歧，轧轧开朱户。

千娇面、盈盈伫立，

无言有泪，断肠争忍回顾。

一叶兰舟，便恁急桨凌波去。

贪行色、岂知离绪。

万般方寸，但饮恨，脉脉同谁语。

更回首、重城不见，

寒江天外，隐隐两三烟树。

◎征车何轧轧，南北极天涯。（唐许浑《旅怀》）

◎少年行客情难诉。泣对东风无语。目断两三烟树。翠隔江南浦。（宋欧阳修《桃源忆故人》）

◆此首，初点月收天曙之景色，次言客心临别之凄楚。"翠娥"以下，皆送行人之情态。执手劳劳，开户轧轧，无言有泪，记事既生动，写情亦逼真。"断肠"一句，写尽两面依依之情。换头，写别后舟行之速。"万般"两句，写别后心中之恨。"更回首"三句，以远景作收，笔力千钧。上片之末言回顾，谓人。此则谓舟行已远，不独人不见，即城亦不见，但见烟树隐隐而已。一顾再顾，总见步步留恋之深。屈子云："过夏首而西浮兮，顾龙门而不见。"收处仿佛似之。（唐圭璋《唐宋词简释》）

秋夜月

当初聚散。
便唤作、无由再逢伊面。
近日来、不期而会重欢宴。
向尊前、闲暇里，敛着眉儿长叹。
惹起旧愁无限。

盈盈泪眼。
漫向我耳边，作万般幽怨。
奈你自家心下，有事难见。
待信真个，恁别无萦绊。
不免收心，共伊长远。

◎待，拟词，犹将也；打算也。（张相《诗词曲语辞汇释》）

◆毛大可称词本无韵，是也。偶检唐、宋人词，如（略）柳永《秋夜月》用散（旱）、面（霰）、叹（干）、限（潸）、怨（愿）、远（阮）……按唐人应试用官韵，其非应试，如韩昌黎赠张籍诗，以城、堂、江、庭、童、穷一韵，则庚、青、江、阳、东通协，不拘拘如律诗也。至于词，更宽可知矣。（清焦循《雕菰楼词话》）

巫 山 一 段 云

六六真游洞，三三物外天。
九班麟稳破非烟。
何处按云轩。

昨夜麻姑陪宴。
又话蓬莱清浅。
几回山脚弄云涛。
仿佛见金鳌。

◎九仙者，第一上仙、二高仙、三大仙、四玄仙、五天仙、六真仙、七神仙、八灵仙、九至仙。（宋张君房《云笈七签》卷三。九班，即指九仙。）

◎渤海之东不知几亿万里，有大壑焉。……其中有五山焉，一曰岱舆、二曰员峤、三曰方壶、四曰瀛洲、五曰蓬莱，其山高下周旋三万里，其顶平处九千里，山之中间相去七万里，以为邻居焉。其上台观皆金玉，其上禽兽皆纯缟，珠玕之树皆丛生，华实皆有滋味，食之皆不老不死。所居之人皆仙圣之种，一日一夕飞相往来者，不可数焉。……帝恐流于西极，失群仙圣之居，乃命禹强使巨鳌十五举首而戴之。（《列子·汤问》）

巫 山 一 段 云

琪树罗三殿，金龙抱九关。

上清真籍总群仙。
朝拜五云间。

昨夜紫微诏下。
急唤天书使者。
令赍瑶检降彤霞。
重到汉皇家。

◎三殿者，麟德殿也。一殿而有三面，故名。（宋王应麟《玉海·宫室·唐三殿》）

◎其三清境者，玉清、上清、太清是也。亦名三天，其三天者，清微天、禹馀天、大赤天是也。（宋张君房《云笈七签》卷三）

◎紫宫垣十五星，其西蕃七，东蕃八，在北斗北。一曰紫微，大帝之座也，天子之常居也，主命主度也。（《晋书·天文志上》）

巫山一段云

清旦朝金母，斜阳醉玉龟。
天风摇曳六铢衣。
鹤背觉孤危。

贪看海蟾狂戏。
不道九关齐闭。
相将何处寄良宵。
还去访三茅。

◎西王母者，九灵太妙龟山金母也，一号太灵九光龟台金母元君，乃西华之至妙，洞阴之极尊。……所居宫阙，在龟山春山西那之都，昆仑玄

圃阆风之苑。……茅君从西城王君诣白玉龟台，朝谒王母，求长生之道。（《太平广记》卷五六引《集仙录》）

◎无质易迷三里雾，不寒长着六铢衣。（唐李商隐《圣女祠》）

◎昆仑山有昆陵之地，其高出日月之上……群仙常驾龙乘鹤游戏其间。（晋王嘉《拾遗记》卷一〇）

◎于是止于句容之句曲山 ……昔汉有咸阳三茅君得道，来掌此山，故谓之茅山。（《梁书·处士传·陶弘景》）

◆第四句游仙未惯之语。（明卓人月辑、徐士俊参评《古今词统》卷五）

巫山一段云

阆苑年华永，嬉游别是情。
人间三度见河清。
一番碧桃成。

金母忍将轻摘。
留宴鳌峰真客。
红虎闲卧吠斜阳。
方朔敢偷尝。

◎黄河千年一清。（晋王嘉《拾遗记》卷一）

◎又命侍女更索桃果，须臾，以玉盘盛仙桃七颗，大如鸭卵，形圆，青色，以呈王母。母以四颗与帝，三颗自食。桃味甘美，口有盈味。帝食辄收其核，王母问帝，帝曰："欲种之。"母曰："此桃三千年一生实，中夏地薄，种之不生。"帝乃止。（《汉武帝内传》）

龙，狗也。（《诗经·召南·野有死麕》"无使尨也吠"《毛传》）

巫山一段云

萧氏贤夫妇，茅家好弟兄。
羽轮飙驾赴层城。
高会尽仙卿。

一曲《云谣》为寿。
倒尽金壶碧酒。
醺酣争撼白榆花。
踏碎九光霞。

◎萧史者，秦缪公时人也，善吹箫，能致孔雀、白鹤于庭。穆公有女字弄玉，好之，公遂以女妻焉，日教弄玉作凤鸣。居数年，吹似凤声，凤凰来止其屋。公为作凤台，夫妇止其上。不下数年，一旦皆随凤凰飞去。（汉刘向《列仙传》）

◎于是止于句容之句曲山……昔汉有咸阳三茅君得道，来掌此山，故谓之茅山。（《梁书·处士传·陶弘景》）

◎（西王母）所居宫阙，在龟山春山，西那之都，昆仑之圃，阆风之苑，有城千里，玉楼十二……其山之下，弱水九重，洪涛万丈，非飙车羽轮不可到也。（《太平广记》卷五六引《集仙录》）

◎遂登春山，又觞西王母于瑶池之上。王母谣曰："白云在天，道里悠远，山川间之，将子无死，尚能复来。"（《太平广记》卷二引《仙传拾遗》）

◎昆仑，号曰昆崚……碧玉之堂，琼华之室，紫翠丹房，锦云烛日，朱霞九光，西王母之所治也。（《海内十洲记》）

◆诗有游仙，词亦有游仙，人皆谓柳三变《乐章集》工于闺帐淫媟之语、羁旅悲怨之辞。然集中《巫山一段云》词，工于游仙，又飘飘有凌云之意，人所未知。（清李调元《雨村词话》）

◆此五阕，盖咏当时宫词之类也。托之游仙，唐诗人常有此格，特词

家罕见之。(郑文焯《乐章集校》)

◆第二首谓再降"天书",乃天禧三年(1019)事。《续资治通鉴长编》卷九十三,天禧三年夏四月"辛卯,备仪仗至琼林苑迎导天书入内。""壬寅,召近臣诣真游殿朝拜天书。""丁酉,知江宁府丁谓言,中使雷允恭诣茅山,投进金龙玉简。设醮次,七鹤翔于坛上,上作诗赐谓。"五词即本年作。

婆罗门令

昨宵里、恁和衣睡。
今宵里,又恁和衣睡。
小饮归来,初更过,醺醺醉。
中夜后、何事还惊起。
霜天冷,风细细。
触疏窗,闪闪灯摇曳。

空床展转重追想,
云雨梦,任欹枕难继。
寸心万绪,咫尺千里。
好景良天,彼此空有相怜意。
未有相怜计。

◆起数语俚浅。(清陈廷焯《词则·闲情集》卷一)
◆末二语开出多少传奇。(同上)

法曲献仙音

追想秦楼心事,当年便约,于飞比翼。

每恨临歧处，正携手，翻成云雨离拆。
念倚玉偎香，前事顿轻掷。

惯怜惜。
饶心性，镇厌厌多病，
柳腰花态娇无力。
早是乍清减，别后忍教愁寂。
记取盟言，少孜煎、剩好将息。
遇佳景、临风对月，事须时恁相忆。

◎鸳鸯于飞，毕之罗之。(《诗经·小雅·鸳鸯》)
◎镇，犹常也；长也；尽也。(张相《诗词曲语辞汇释》)
◎剩，犹真也；尽也；颇也；多也。(张相《诗词曲语辞汇释》)

西平乐

尽日凭高目，脉脉春情绪。
嘉景清明渐近，
时节轻寒乍暖，天气才晴又雨。
烟光淡荡，妆点平芜远树。
黯凝竚。
台榭好、莺燕语。

正是和风丽日，
几许繁红嫩绿，雅称嬉游去。
奈阻隔、寻芳伴侣。
秦楼凤吹，楚馆云约，
空怅望、在何处。

寂寞韶华暗度。

可堪向晚，村落声声杜宇。

◎平芜尽处是春山，行人更在春山外。（宋欧阳修《踏莎行》）

◎凝伫，亦作"凝伫"。"伫"为有所企待之义，与"凝"字合成一辞，仍为发怔或出神之义。（张相《诗词曲语辞汇释》）

◎雅，犹颇也。（张相《诗词曲语辞汇释》）

◎向晚，犹云临晚或傍晚也。（张相《诗词曲语辞汇释》）

◎望帝者，杜宇也。……望帝死，其魂化为鸟，名曰杜鹃，亦曰子规。（明陈耀文《天中记》卷五十九）

凤栖梧

帘内清歌帘外宴。

虽爱新声，不见如花面。

牙板数敲珠一串。

梁尘暗落琉璃盏。

桐树花声孤凤怨。

渐遏遥天，不放行云散。

坐上少年听不惯。

玉山未倒肠先断。

◎（夏侯亶）晚年颇好音乐，有妓妾数十人，并无被服姿容，每有客，常隔帘奏之。时谓帘为夏侯妓衣也。（《梁书·夏侯亶传》）

◎有丽人歌赋，汉兴以来，善雅歌者，鲁人虞公，发声清哀，盖动梁尘。（唐欧阳询《艺文类聚》卷四三引刘向《别录》）

◎凤凰鸣矣，于彼高冈。梧桐生矣，于彼朝阳。（《诗经·大雅·卷

阿》）

◎薛谭学讴于秦青，未穷青之技，自谓尽之，遂辞归。秦青弗止，饯于郊衢，抚节悲歌，声振林木，响遏行云。薛谭乃谢求反，终身不敢言归。（《列子·汤问》）

◎嵇叔夜（康）之为人也，岩岩若孤松之独立；其醉也，傀俄若玉山之将崩。（南朝宋刘义庆《世说新语·容止》）

凤栖梧

独倚危楼风细细。
望极春愁，黯黯生天际。
草色烟光残照里。
无言谁会凭阑意。

拟把疏狂图一醉。
对酒当歌，强乐还无味。
衣带渐宽终不悔。
为伊消得人憔悴。

◎疏狂属年少，闲散为官卑。（唐白居易《代书诗寄微之》）

◎对酒当歌，人生几何？（汉曹操《短歌行》）

◎相去日已远，衣带日已缓。（《古诗十九首·行行重行行》）

◎消，犹抵也；值也；配也。……言为伊之故，值得憔悴也。（张相《诗词曲语辞汇释》）

◆小词以含蓄为佳，亦有作决绝语而妙者，如韦庄"谁家年少足风流。妾拟将身嫁与，一生休。纵被无情弃，不能羞"之类是也。牛峤"须作一生拚，尽君今日欢"，抑其次矣。柳耆卿"衣带渐宽终不悔。为伊消得人憔悴"，亦即韦意而气加婉。（清王又华《古今词论》）

◆长守尾生抱柱之信,拚减沈郎腰带之围,真情至语。此词或作六一词,汲古阁本则列入《乐章集》。(俞陛云《唐五代两宋词选释》)

◆此首,上片写境,下片抒情。"独倚"三句,写远望愁生。"草色"两句,实写所见冷落景象与伤高念远之意。换头深婉。"拟把"句,与"对酒"两句呼应。"强乐无味",语极沉痛。"衣带"两句,更柔厚。与"不辞镜里朱颜瘦"语,同合风人之旨。(唐圭璋《唐宋词简释》)

◆案以上二首别又见欧阳修《近体乐府》卷二。

凤栖梧

蜀锦地衣丝步障。
屈曲回廊,静夜闲寻访。
玉砌雕阑新月上。
朱扉半掩人相望。

旋暖熏炉温斗帐。
玉树琼枝,迤逦相偎傍。
酒力渐浓春思荡。
鸳鸯绣被翻红浪。

◎小账曰斗帐,形如覆斗也。(《释名·释床帐》)

◎皓雪琼枝殊异色,北方绝代徒倾国。(唐韦应物《鼋头山神女歌》)

◎谢太傅问诸子侄:"子弟亦何预人事,而正欲使其佳?"诸人莫有言者。车骑答曰:"譬如芝兰玉树,欲使其生于阶庭耳。"(南朝宋刘义庆《世说新语·言语》)

法曲第二

青翼传情,香径偷期,
自觉当初草草。
未省同衾枕,便轻许相将,
平生欢笑。
怎生向、人间好事到头少。
漫悔懊。

细追思,恨从前容易,
致得恩爱成烦恼。
心下事千种,尽凭音耗。
以此萦牵,等伊来、自家向道。
洎相见,喜欢存问,又还忘了。

◎七月七日,上于承华殿斋,正中,忽有一青鸟从西方来,集殿前。上问东方朔,朔曰:"此西王母欲来也。"有顷,王母至,有二青鸟如乌,挟持王母旁。(唐欧阳询《艺文类聚》卷九一引《汉武故事》)

◎向,语助词,专用于"怎奈"、"如何"一类之语,加强其语气而为其语尾。有曰"争向"者。白居易《题酒瓮》诗:"若无清酒两三瓮,争向白须千万茎。"争向,犹云怎奈或奈何也。……柳永《临江仙》词:"牵情系恨,争向年少偏饶。"义均同上。有曰"怎向"者,即争向也。柳永《过涧歇近》词:"怎向心绪,近日厌厌长似病。"……义均同"争向"。……有曰"怎生向"者。柳永《法曲第二》词:"怎生向、人间好事到头少"……义均与"怎向"同。(张相《诗词曲语辞汇释》)

秋蕊香引

留不得。
光阴催促，
奈芳兰歇，好花谢，惟顷刻。
彩云易散琉璃脆，验前事端的。

风月夜，几处前踪旧迹。
忍思忆。
这回望断，永作天涯隔。
向仙岛，归冥路，两无消息。

◎大都好物不坚牢，彩云易散琉璃脆。（唐白居易《简简吟》）

◎端的，犹云真个或究竟也；的确或凭准也；情节或事实也；明白
也。（张相《诗词曲语辞汇释》）

◎上穷碧落下黄泉，两处茫茫皆不见。（唐白居易《长恨歌》）

◆此首为悼亡词。《乐章集》伤离词多，悼亡词仅《离别难》（花谢水
流）与此耳。

一寸金

井络天开，剑岭云横控西夏。
地胜异、锦里风流，
蚕市繁华，簇簇歌台舞榭。
雅俗多游赏，轻裘俊、靓妆艳冶。
当春昼，摸石江边，浣花溪畔景如画。

梦应三刀，桥名万里，中和政多暇。

仗汉节、揽辔澄清，

高掩武侯勋业，文翁风化。

台鼎须贤久，方镇静、又思命驾。

空遗爱，两蜀三川，异日成嘉话。

◎岷山之精，上为井络。（晋左思《蜀都赋》）

◎小剑戍北西，去大剑三十里，连山绝崄，飞阁通衢，故谓之剑阁也。（北魏郦道元《水经注》卷二〇）

◎州夺郡文学为州学，郡更于夷里桥南岸道东边起文学，有女墙，其道西城，故锦官也。锦江织锦濯其中，则鲜明，濯他江则不好，故命曰锦里也。（东晋常璩《华阳国志》卷三）

◎蜀有蚕市，每年正月至三月，州城及属县循环一十五处。耆旧相传，古蚕丛氏为蜀主，民无定居，随蚕丛所在致市居，此之遗风也。（宋黄休复《茅亭客话》卷九）

◎赤之适齐也，乘肥马，衣轻裘。（《论语·雍也》）

◎成都风俗，岁以三月二十一日游城东海云寺，摸石于池中，以为求子之祥。太守出郊，建高旗，鸣箫鼓，作驰骑之戏，大燕宾从，以主民乐。观者夹道百里，飞盖蔽山野，讙讴嬉笑之声，虽田野间如市井，其盛如此。（清厉鹗《宋诗纪事》卷一三）

◎四月十九日，成都谓之浣花，遨头宴于杜子美草堂沧浪亭。倾城皆出，锦绣夹道，自开岁宴游，至是而止，故最盛于他时。（宋陆游《老学庵笔记》卷八）

◎（王）濬夜梦悬三刀于卧室梁上，须臾又益一刀，濬惊觉，意甚恶之。主簿李毅再拜贺曰："三刀为州字，又益一者，明府其临益州乎？"及贼张弘杀益州刺史皇甫晏，果迁濬为益州刺史。濬设方略，悉诛弘等，以勋封关内侯。（《晋书·王濬传》）

◎万里桥架大江水，在县南八里。蜀使费祎聘吴，诸葛亮祖之，祎叹曰："万里之路，始于此桥。"因以为名。（唐李吉甫《元和郡县志》卷

三二）

◎中和，谓宽猛得中也。（《荀子·王制》"中和者听之绳也"唐杨倞注）

◎（范）滂登车揽辔，慨然有澄清天下之志。及至州境，守令自知臧污，望风解印绶去。（《后汉书·范滂传》）

◎建兴元年，封（诸葛）亮武乡侯，开府治事。（《三国志·诸葛亮传》）

◎文翁，庐江舒人也。少好学，通《春秋》，以郡县吏察举。景帝末，为蜀郡守，仁爱好教化。见蜀地辟陋，有蛮夷风。文翁欲诱进之，乃选郡县小吏开敏有材者张叔等十馀人，亲自饬厉，遣诣京师，受业博士，或学律令。……数岁，蜀生皆成就还归，文翁以为右职，用次察举官，有至郡守刺史者。又修起学官于成都市中……繇是大化……蜀地学于京师者比齐鲁焉。至武帝时，乃令天下郡国皆立学校官，自文翁为之始云。文翁终于蜀，吏民为立祠堂，岁时祭祀，不绝至今，巴蜀好文雅，文翁之化也。（《汉书·文翁传》）

◆此词送人知成都府作。真宗大中祥符后，知益州者有任中正、李士衡、凌荣、往曙、赵稹、寇瑊。仁宗时知益州者有薛田、薛奎、程琳、韩亿、王随、张逸、任中师、杨日严、蒋堂、文彦博、程戡、田况、杨察等。此词所赠何人，俟考。

永遇乐

薰风解愠，昼景清和，新霁时候。
火德流光，萝图荐祉，累庆金枝秀。
璇枢绕电，华渚流虹，是日挺生元后。
缵唐虞垂拱，千载应期，万灵敷佑。

殊方异域，争贡琛赆，架巘航波奔凑。

三殿称觞，九仪就列，《韶濩》锵金奏。
藩侯瞻望彤庭，亲携僚吏，竞歌元首。
祝尧龄、北极齐尊，南山共久。

◎东南曰熏风。(《吕氏春秋·有始》)

◎天清和而湿润，气恬淡以安治。(三国魏曹丕《槐赋》)

◎建隆元年……三月壬戌，定国运以火德王，色尚赤，腊用戌。(《宋史·太祖本纪》)

◎黄帝轩辕氏，母曰附宝，见大电光绕北斗枢星，照郊野，感而孕。二十五月而生黄帝于寿丘。(《宋书·符瑞志》)

◎武王缵太王、王季、文王之绪。(《礼记·中庸》，郑注：缵，继也。)

◎惇信明义，崇德报功，垂拱而天下治。(《尚书·武成》)

◎以九仪辨诸侯之命，等诸臣之爵，以同邦国之礼而待其宾客。(《周礼·秋官·大行人》)

◎见舞韶濩者。(《左传》襄公二十九年)

◎尧死寿一百一十七岁。(《尚书·舜典》孔安国传)

◆此词亦颂"圣寿"，即颂仁宗生日。

永遇乐

天阁英游，内朝密侍，当世殊荣。
汉守分麾，尧庭请瑞，方面凭心膂。
风驰千骑，云拥双旌，向晓洞开严署。
拥朱轓、喜色欢声，处处竞歌来暮。

吴王旧国，今古江山秀异，人烟繁富。
甘雨车行，仁风扇动，雅称安黎庶。

棠郊成政，槐府登贤，非久定须归去。
且乘闲、孙阁长开，融尊盛举。

◎邓公（禹）赢粮徒步，触纷乱而赴光武，可谓识所从会矣。于是中分麾下之军，以临山西之隙，至使关河响动，怀赴如归。功虽不遂，而道亦弘矣！（《后汉书·邓禹传论》）

◎司马请瑞焉，以命其徒攻桓氏。（《左传》哀公十四年，杜预注："瑞，符节，以发兵。"）

◎今命尔予翼，作股肱心膂。（《尚书·君牙》）

◎节度使掌总军旅，颛诛杀。初授，具帑抹兵仗诣兵部辞见，观察使亦如之。辞日，赐双旌双节。（《新唐书·百官志》）

◎廉范字叔度，京兆杜陵人，赵将廉颇之后也。……建初中，迁蜀郡太守，其俗尚文辩，好相持短长，范每厉以淳厚，不受偷薄之说。成都民物丰盛，邑宇逼侧，旧制禁民夜作，以防火灾，而更相隐蔽，烧者日属。范乃毁削先令，但严使储水而已。百姓为便，乃歌之曰："廉叔度，来何暮？不禁火，民安作。平生无襦今五绔。"（《后汉书·廉范传》）

◎百里嵩，字景山，为徐州刺史。境旱，嵩出巡，遽甘雨辄澍。东海、祝其、合乡等三县父老诉曰："人等是公百姓，独不迁降？"回赴，雨随车而下。（《太平御览》卷一〇引三国吴谢承《后汉书》）

◎谢安常赏其机对辩速。后安为扬州刺史，宏自吏部郎出为东阳郡，乃祖道于冶亭，时贤皆集，安欲以卒迫试之，临别执其手，顾就左右取一扇而授之曰："聊以赠行。"宏应声答曰："辄当奉扬仁风，慰彼黎庶。"时人叹其率而能要焉。（《晋书·袁宏传》）

◎周武王之灭纣，封召公于北燕。其在成王时，召公为三公。自陕以西，召公主之；自陕以东，周公主之。……召公巡行乡邑，有棠树，决狱政事其下。自侯伯至庶人，各得其所，无失职者。召公卒而民人思召公之政，怀棠树不敢伐，歌咏之，作《甘棠》之诗。（《史记·燕召公世家》）

◎时上方兴功业，娄举贤良。（公孙）弘自见为举首，起徒步，数年

至宰相封侯,于是起客馆,开东阁以延贤人,与参谋议。(《汉书·公孙弘传》)

◎(孔融)性宽容少忌,好士,喜诱益后进。及退闲职,宾客日盈其门,常叹曰:"坐上客恒满,尊中酒不空,吾无忧矣。"(《后汉书·孔融传》)

卜算子

江枫渐老,汀蕙半凋,满目败红衰翠。
楚客登临,正是暮秋天气。
引疏砧、断续残阳里。
对晚景、伤怀念远,新愁旧恨相继。

脉脉人千里。
念两处风情,万重烟水。
雨歇天高,望断翠峰十二。
尽无言、谁会凭高意。
纵写得、离肠万种,奈归云谁寄。

◎悲哉秋之为气也,萧瑟兮草木摇落而变衰。憭栗兮若在远行,登山临水兮送将归。(《楚辞·宋玉〈九辩〉》)

◎轩高夕杵散,气爽夜砧鸣。(南朝梁柳恽《捣衣》)

◎惊飙褰反信,归云难寄音。(晋陆机《拟行行重行行》)

◆后阕一气转注,联翩而下,清真最得此妙。(清周济《宋四家词选》)

◆柳词胜处,在气骨,不在字面。其写景处,远胜其抒情处。而章法大开大阖,为后起清真、梦窗诸家所取法,信为创调名家。如……《卜算子慢》……写羁旅行役中秋景,均穷极工巧。(清蔡嵩云《柯亭词论》)

鹊桥仙

届征途, 携书剑, 迢迢匹马东去。
惨怀, 嗟少年易分难聚。
佳人方恁缱绻, 便忍分鸳侣。
当媚景, 算密意幽欢, 尽成轻负。

此际寸肠万绪。
惨愁颜、断魂无语。
和泪眼、片时几番回顾。
伤心脉脉谁诉。
但黯然凝伫。
暮烟寒雨。
望秦楼何处。

◎三献无功玉有瑕, 更携书剑客天涯。(唐许浑《别刘秀才》)

◆有借音数字, 宋人习用之。如柳永《鹊桥仙》:"算密意幽欢, 尽成孤负。""负"字叶, 方布切。(清李佳《左庵词话》卷上)

浪淘沙

梦觉、透窗风一线, 寒灯吹息。
那堪酒醒, 又闻空阶, 夜雨频滴。
嗟因循、久作天涯客。
负佳人、几许盟言,
便忍把、从前欢会, 陡顿翻成忧戚。

愁极。

再三追思,洞房深处,

几处饮散歌阑,香暖鸳鸯被。

岂暂时疏散,费伊心力。

殢云尤雨,有万般千种,相怜相惜。

恰到如今,天长漏永,无端自家疏隔。

知何时、却拥秦云态。

愿低帏昵枕,轻轻细说与,

江乡夜夜,数寒更思忆。

◎夜雨滴空阶,晓灯暗离室。(南朝梁何逊《临行与故游夜别》)

◎门外青山路,因循自不归。(唐姚合《武功县中作》)

◎韩云如布,赵云如牛,楚云如日,宋云如车,鲁云如马,卫云如犬,周云如轮,秦云如美人。(宋高似孙《纬略》卷八)

◎何当共剪西窗烛,却话巴山夜雨时。(唐李商隐《夜雨寄北》)

夏云峰

宴堂深。

轩楹雨,轻压暑气低沉。

花洞彩舟泛斝,坐绕清浔。

楚台风快,湘簟冷、永日披襟。

坐久觉、疏弦脆管,时换新音。

越娥兰态蕙心。

逞妖艳、昵欢邀宠难禁。

筵上笑歌间发,舄履交侵。

醉乡深处,须尽兴、满酌高吟。

向此免、名缰利锁,虚费光阴。

◎芳蹊密影成花洞，柳结浓烟花带重。（唐李贺《春怀引》）

◎楚襄王游于兰台之宫，宋玉、景差侍。有风飒然而至，王乃披襟而当之，曰："快哉此风！寡人所与庶人共者邪。"（战国宋玉《风赋》）

◎清弦脆管纤纤手，教得霓裳一曲成。（唐白居易《霓裳羽衣歌和微之》）

◎日暮酒阑，合尊促坐，男女同席，履舄交错，杯盘狼藉，堂上烛灭，主人留髡而送客，罗襦襟解，微闻芗泽。当此之时，髡心最欢，能饮一石。故曰：酒极则乱，乐极则悲。（《史记·滑稽列传》）

◆俗谓柔言索物曰泥，乃计切，谚所谓软缠也。……柳耆卿词"泥欢邀宠最难禁"。字又作"詑"，《花间集》顾夐词"黄莺娇转詑芳妍"，又"记得詑人微敛黛"。字又作"妮"，王通叟词"十三妮子绿窗中"，今山东目婢曰小妮子，其语亦古矣。（明杨慎《词品》）

浪淘沙令

有个人人。飞燕精神。
急锵环佩上华裀。
促拍尽随红袖举，风柳腰身。

簌簌轻裙。妙尽尖新。
曲终独立敛香尘。
应是西施娇困也，眉黛双颦。

◎宜主幼聪悟，家有彭祖方脉之书，善行气术，长而纤便轻细，举止翩然，人谓之飞燕。（《赵飞燕外传》）

◎白尚书姬人樊素善歌，妓人小蛮善舞，尝为诗曰："樱桃樊素口，杨柳小蛮腰。"（唐孟棨《本事诗》）

◎故西施病心而颦其里，其里之丑人见而美之，归亦捧心而颦其里。

(《庄子·天运》)

荔枝香

甚处寻芳赏翠,归去晚。
缓步罗袜生尘,来绕琼筵看。
金缕霞衣轻褪,似觉春游倦。
遥认,众里盈盈好身段。

拟回首,又伫立、帘帏畔。
素脸红眉,时揭盖头微见。
笑整金翘,一点芳心在娇眼。
王孙空恁肠断。

◎凌波微步,罗袜生尘。(三国魏曹植《洛神赋》)
◎士大夫于马上披凉衫,妇女步通衢,以方幅紫罗障蔽半身,俗谓之盖头。(宋周煇《清波杂志》卷二)

古倾杯

冻水消痕,晓风生暖,春满东郊道。
迟迟淑景,烟和露润,偏染长堤芳草。
断鸿隐隐归飞,江天杳杳。
遥山变色,妆眉淡扫。
目极千里,闲倚危楼迥眺。

动几许、伤春怀抱。
念何处、韶阳偏早。

想帝里看看，名园芳榭，烂漫莺花好。
追思往昔年少。
继日恁、把酒听歌，量金买笑。
别后暗负，光阴多少。

◎淑景迟迟，和风习习。（《乐府诗集·唐五郊乐章·青郊迎神》）
◎文君姣好，眉色如望远山。（《西京杂记》卷二）
◎目极千里兮伤春心，魂兮归来哀江南。（《楚辞·招魂》）
◎看看，估量时间之辞。有转眼义；有当前义；又有当前义转而为刚刚义。（张相《诗词曲语辞汇释》）
◆隔句协，始于《诗》之"萧萧马鸣，悠悠旆旌"，萧、悠为韵。而古风之"思君令人老，岁月忽已晚。弃捐勿复道，努力加餐饭"，老、道继之。词则柳耆卿《倾杯乐》云："动几许、伤春怀抱。念何处、韶阳偏早。"许、处为韵也。（清陈锐《裒碧斋词话》）

倾　杯

离宴殷勤，兰舟凝滞，看看送行南浦。
情知道世上，难使皓月长圆，彩云镇聚。
算人生、悲莫悲于轻别，
最苦正欢娱，便分鸳侣。
泪流琼脸，梨花一枝春带雨。

惨黛蛾、盈盈无绪。
共黯然消魂，重携素手，
话别临行，犹自再三、问道君须去。
频耳畔低语。
知多少、他日深盟，平生丹素。

从今尽把凭鳞羽。

◎送君南浦，伤如之何。（南朝梁江淹《别赋》）

◎大都好物不坚牢，彩云易散琉璃脆。（唐白居易《简简吟》）

◎悲莫悲兮生别离，乐莫乐兮新相知。（《楚辞·九歌·少司命》）

◎玉容寂寞泪阑干，梨花一枝春带雨。（唐白居易《长恨歌》）

◎黯然销魂者，唯别而已矣。（南朝梁江淹《别赋》）

◆柳词云："算人生、悲莫悲于轻别。"……此从古乐府出。美成词云："大都世间最苦惟聚散。"乃得此意。（清陈锐《裒碧斋词话》）

破阵乐

露花倒影，烟芜蘸碧，灵沼波暖。
金柳摇风树树，系彩舫龙舟遥岸。
千步虹桥，参差雁齿，直趋水殿。
绕金堤、曼衍鱼龙戏，
簇娇春罗绮，喧天丝管。
霁色荣光，望中似睹，蓬莱清浅。

时见。
凤辇宸游，銮觞禊饮，临翠水、开镐宴。
两两轻舠飞画楫，竞夺锦标霞烂。
罄欢娱，歌《鱼藻》，徘徊宛转。
别有盈盈游女，各委明珠，
争收翠羽，相将归远。
渐觉云海沉沉，洞天日晚。

◎王在灵沼，於牣鱼跃。（《诗经·大雅·灵台》）

◎虹梁雁齿随年换，素板朱栏逐日修。（唐白居易《答王尚书问履道池旧桥》）

◎设酒池肉林以飨四夷之客，作巴俞都卢、海中砀极、漫衍鱼龙、角抵之戏以观视之。（《汉书·西域传》）

◎尚书中候曰："帝尧即政，荣光出河，休气四塞。"（唐欧阳询《艺文类聚》卷一一）

◎鱼在在藻，有颁其首。王在在镐，岂乐饮酒。（《诗经·小雅·鱼藻》）

◎命俦啸侣，或戏清流，或翔神渚，或采明珠，或拾翠羽。（三国魏曹植《洛神赋》）

◆苏子瞻于四学士中最善少游，故他文未尝不极口称善，岂特乐府。然犹以气格为病。故尝戏云："山抹微云秦学士，露花倒影柳屯田。""露花倒影"，柳永《破阵子》语也。（宋叶梦得《避暑录话》）

◆张子韶对策有"桂子飘香"之语，赵明诚妻李氏嘲之曰："露花倒影柳三变，桂子飘香张九成。"（宋陆游《老学庵笔记》）

◆此词咏汴京金明池。

◆三月一日，州西顺天门外，开金明池、琼林苑。每日教习车驾上池仪苑。虽禁从士庶许纵赏，御史台有榜不得弹劾。池在顺天门外街北，周围约九里三十步，池西直径七里许。入池门内南岸，西去百馀步，有西北临水殿，车驾临幸，观争标、锡宴于此。往日旋以彩幄，政和间用土木工造成矣。又西去数百馀步乃仙桥，南北约数百步，桥面三虹，朱漆阑楯，下排雁柱，中央隆起，谓之骆驼虹，若飞虹之状。桥尽处，五殿正在池之中心。四岸石甃向背，大殿中座各设御幄，朱漆明金龙床。河间云水戏龙屏风，不禁游人。……桥之南立棂星门，门里对立彩楼，每争标作乐，列妓女于其上，门相对街南，有砖石甃砌高台，上有楼观，广百丈许，曰宝津楼，前至池门，阔百馀丈，下阚仙桥水殿，车驾临幸，观骑射、百戏于此。池之东岸，临水近墙皆垂杨。两边皆彩棚幕次。临水假赁，观看争标。（宋孟元老《东京梦华录》"三月一日开金明池琼林苑"条）

双声子

晚天萧索，断蓬踪迹，乘兴兰棹东游。
三吴风景，姑苏台榭，牢落暮霭初收。
夫差旧国，香径没、徒有荒丘。
繁华处，悄无睹，惟闻麋鹿呦呦。

想当年、空运筹决战，图王取霸无休。
江山如画，云涛烟浪，翻输范蠡扁舟。
验前经旧史，嗟漫载、当日风流。
斜阳暮草茫茫，尽成万古遗愁。

◎姑苏台上乌栖时，吴王宫里醉西施。（唐李白《乌栖曲》）

◎牢落，犹辽落也。（《文选·司马相如〈上林赋〉》"牢落陆离"李善注）

◎采香径，在香山之傍小溪也。吴王种香于香山，使美人泛舟于溪以采香。（宋范成大《吴郡志》卷八）

◎臣闻子胥谏吴王，吴王不用，乃曰："臣今见麋鹿游姑苏之台也。"（《史记·淮南衡南列传》）

◎范蠡既雪会稽之耻，乃喟然而叹曰："计然之策七，越用其五而得意。既已施于国，吾欲用之家。"乃乘扁舟浮于江湖。（《史记·货殖列传》）

◆（"验前经旧史"五句）只数语，便抵得无数怀古伤高之致。（郑文焯《乐章集校》）

阳台路

楚天晚。

坠冷枫败叶，疏红零乱。
冒征尘、匹马驱驱，愁见水遥山远。
追念少年时，正恁凤帏，倚香偎暖。
嬉游惯。
又岂知、前欢云雨分散。

此际空劳回首，望帝里、难收泪眼。
暮烟衰草，算暗锁、路歧无限。
今宵又、依前寄宿，甚处苇村山馆。
寒灯畔。
夜厌厌、凭何消遣。

◎疏红落残艳，冷水凋芙蓉。（唐李群玉《秋怨》）
◎暮雨自归山峭峭，秋河不动夜厌厌。（唐李商隐《楚宫》）

内家娇

煦景朝升，烟光昼敛，疏雨夜来新霁。
垂杨艳杏，丝软霞轻，绣出芳郊明媚。
处处踏青斗草，人人眷红偎翠。
奈少年、自有新愁旧恨，消遣无计。

帝里。
风光当自际。
正好恁携佳丽。
阻归程迢递。
奈好景难留，旧欢顿弃。
早是伤春情绪，那堪困人天气。

但赢得、独立高原，断魂一饷凝睇。

◎五月五日，四民并踏百草，又有斗百草之戏，采艾以为人，悬门户上以禳毒气。（南朝梁宗懔《荆楚岁时记》）

◎凝，为一往情深专注不已之义，犹今所云"发痴""发怔""失魂"也。……同一以凝字描写态度……凝目，犹云凝望或注目。……凝睇，亦与凝目同义。（张相《诗词曲语辞汇释》）

二郎神

炎光谢。
过暮雨、芳尘轻洒。
乍露冷风清庭户，爽天如水，玉钩遥挂。
应是星娥嗟久阻，叙旧约、飙轮欲驾。
极目处、乱云暗度，耿耿银河高泻。

闲雅。
须知此景，古今无价。
运巧思、穿针楼上女，抬粉面、云鬟相亚。
钿合金钗私语处，算谁在、回廊影下。
愿天上人间，占得欢娱，年年今夜。

◎残酒欲醒中夜起。月明如练天如水。（南唐冯延巳《鹊踏枝》）

◎始见西南楼，纤纤如玉钩。（南朝宋鲍照《玩月城西门廨中》）

◎天河之东有织女，天帝之子也。年年机杼劳役，织成云锦天衣，容貌不暇整理。帝怜其独处，许嫁河西牵牛郎，嫁后遂废织纴。天帝怒，责令归河东，但使一年一度相会。（《天中记》卷二引《殷芸小说》）

◎秋河曙耿耿，寒渚夜苍苍。（《文选·谢朓〈暂使下都夜发新林至

京邑赠西府同僚〉》）

◎七月七日为牵牛织女聚会之夜。是夕，人家妇女结彩缕，穿七孔针，或以金银鍮石为针，陈几筵酒脯瓜果于庭中，以乞巧。（南朝梁宗懔《荆楚岁时记》）

◎惟将旧物表深情，钿合金钗寄将去。钗留一股合一扇，钗擘黄金合分钿。但令心似金钿坚，天上人间会相见。临别殷勤重寄词，词中有誓两心知。七月七日长生殿，夜半无人私语时。在天愿作比翼鸟，在地愿为连理枝。（唐白居易《长恨歌》）

◆徽宗尝问近臣："七夕何以无假？"时王黼为相，对云："古今无假。"徽宗喜甚，还语近侍，以黼奏对有格制。盖柳永七夕词云："须知此景，古今无价。"而俗谓事之得体者，为有格致也。（宋庄绰《鸡肋编》）

醉蓬莱

渐亭皋叶下，陇首云飞，素秋新霁。
华阙中天，锁葱葱佳气。
嫩菊黄深，拒霜红浅，近宝阶香砌。
玉宇无尘，金茎有露，碧天如水。

正值升平，万几多暇，
夜色澄鲜，漏声迢递。
南极星中，有老人呈瑞。
此际宸游，凤辇何处，度管弦清脆。
太液波翻，披香帘卷，月明风细。

◎亭皋木叶下，陇首秋云飞。（南朝梁柳浑《捣衣诗》）
◎《列子》曰：周穆王筑台，号曰中天之台。（《文选·班固〈西都赋〉》"树中天之华阙"李善注）

◎建章宫承露盘高二十丈,大七围,以铜为之,上有仙人掌承露,和玉屑饮之。"(《汉书·郊祀志上》颜师古注引《三辅故事》)

◎(建章宫北)治大池,渐台高二十馀丈,命曰太液池。中有蓬莱、方丈、瀛洲、壶梁,象海中神山龟鱼之属。(《史记·封禅书》)

◎武帝时,后宫八区。有昭阳、飞翔、增成、合欢、兰林、披香、凤皇、鸳鸯等殿。(《三辅黄图》卷三)

◆柳三变,景祐末登进士第。少有俊才,尤精乐章。后以疾,更名永,字耆卿。皇祐中,久困选调,入内都知史某,爱其才而怜其潦倒。会教坊进新曲《醉蓬莱》,时司天台奏老人星现,史乘仁宗之悦,以耆卿应制。耆卿方冀进用,欣然走笔,甚自得意,词名《醉蓬莱慢》。比进呈,上见首有"渐"字,色若不悦。读至"宸游凤辇何处",乃与御制真宗挽词暗合,上惨然。又读至"太液波翻",曰:"何不言'波澄'?"乃掷于地。永自此不复进用。(宋王闢之《渑水燕谈录》卷八)

◆柳三变游东都南北二巷,作新乐府,骫骳从俗,天下咏之,遂传禁中。仁宗颇好其词,每对酒,必使侍从歌之再三。三变闻之,作宫词号《醉蓬莱》,因内官达后宫,且求其助。仁宗闻而觉之,自是不复歌其词矣。会改京官,乃以无行黜之。后改名永,仕至屯田员外郎。(宋陈师道《后山诗话》)

◆柳耆卿祝仁宗皇帝圣寿,作《醉蓬莱》一曲云:(词略)。此词一传,天下皆称妙绝。盖中间误使"宸游凤辇"挽章句。耆卿作此词,惟务钩摘好语,却不参考出处。仁宗皇帝览而恶之,及御注差注至耆卿,抹其名曰:"此人不可仕宦,尽从他花下浅斟低唱。"由是沦落贫窘,终老无子,掩骸僧舍。京西妓者鸠钱葬于枣阳县花山。既出郊原,有浪子数人戏曰:"这大伯做鬼也爱打哄。"其后,遇清明日,游人多狎饮坟墓之侧,谓之"吊柳七"。(宋陈元靓《岁时广记》卷十七《吊柳七》条引《古今词话》)

◆皇祐中,老人星现,永应制撰词,意望厚恩。无何,始用"渐"字,终篇有"太液波翻"之语,其间"宸游凤辇何处",与仁庙挽词暗合,遂致忤旨。士大夫惜之。余谓柳作此词，借使不忤旨，亦无佳处。如"嫩菊黄深，拒霜红浅"，竹篱茅舍间，何处无此景物？方之李谪仙、夏英公等应制辞，殆不啻天冠地履也。（宋胡仔《苕溪渔隐丛话·后集》卷三十九引《艺苑雌黄》）

◆仁庙嘉祐中，开赏花钓鱼燕，王介甫以知制诰预末座。帝出诗示群臣，次第属和。末至介甫，日将夕矣，亟欲奏御，得"披香殿"字，未有对。时郑毅父獬接席，顾介甫曰："宜对太液池。"故其诗有云："披香殿上留朱辇，太液池边送玉杯。"翌日，都下盛传王舍人窃柳词，介甫颇衔之。（宋蔡絛《西清诗话》）

◆耆卿词毋论触讳，中间不能一语形容老人星，自是不佳。（明王世贞《弇州山人词评》）

◆《西清诗话》记荆公《赏花钓鱼》诗："披香殿上留朱辇，太液池边送玉杯。"翌日，意以公用柳耆卿词"太液波翻，披香帘卷"之语。予读唐上官仪《初春》诗："步辇出披香，清歌临太液。"乃知上官仪已尝对之，岂始耆卿耶？（宋吴开《优古堂诗话》）

◆柳三变词："渐亭皋叶下，陇首云飞。"全用柳恽诗也。柳恽诗云："亭皋木叶下，陇首秋云飞。（宋曾季狸《艇斋诗话》）

◆柳屯田《醉蓬莱》词，以篇首"渐"字与"太液波翻""翻"字见斥。有善词者问，余曰："词所以被管弦，首用'渐'字起调，与下'亭皋落叶，陇首云飞'，字字响亮。尝欲以他字易之，不可得也。至'太液波翻'，仁宗谓不云'波澄'，无论'澄'字，前已用过。而'太'为徵音，'液'为宫音，'波'为羽音，若用'澄'字商音，则不能协，故仍用羽音之'翻'字。两羽相属，盖宫下于徵，羽承于商，而徵下于羽。'太液'二字，由出而入，'波'字由入而出，再用'澄'字而入，则一出一入，又一出一入，无复节奏矣。且由'波'字接'澄'字，不能相生。此定用'翻'字。'波翻'二字，同是羽音，而一轩一轾，以为俯仰，此柳氏深于音调也。"（清焦循《雕菰楼词话》）

宣　清

残月朦胧，小宴阑珊，归来轻寒凛凛。
背银釭、孤馆乍眠，拥重衾、醉魄犹噤。
永漏频传，前欢已去，离愁一枕。
暗寻思、旧追游，神京风物如锦。

念掷果朋侪，绝缨宴会，当时曾痛饮。
命舞燕翩翩，歌珠贯串，
向玳筵前，尽是神仙流品。
至更阑、疏狂转甚。
更相将、凤帏鸳寝。
玉钗乱横，任散尽高阳，
这欢娱、甚时重恁？

◎岳美姿仪，辞藻绝丽，尤善为哀诔之文。少时常挟弹出洛阳道，妇人遇者，皆连手萦绕，投之以果，遂满车而归。（《晋书·潘岳传》）

◎楚庄王赐其群臣酒，日暮酒酣，左右皆醉，殿上烛灭，有牵王后衣者，后挠冠缨而绝之。言于王曰："今烛灭，有牵妾衣者。妾挠其缨而绝之，愿趣火视绝缨者。"王曰："止。"立出令曰："与寡人饮，不绝缨者不为乐也。"于是冠缨无完者，不知王后所绝缨者谁，于是王遂与群臣欢饮乃罢。后吴兴师攻楚，有人常为应行合战者，五陷阵却敌，遂取大军之首而献之。王怪而问之曰："寡人未尝有异于子，子何为于寡人厚也。"对曰："臣先殿上绝缨者也。"（汉韩婴《韩诗外传》卷七）

锦堂春

坠髻慵梳，愁蛾懒画，心绪是事阑珊。

觉新来憔悴，金缕衣宽。
认得这疏狂意下，向人诮謷如闲。
把芳容整顿，恁地轻孤，争忍心安？

依前过了旧约，甚当初赚我，偷剪云鬟。
几时得归来，香阁深关。
待伊要、尤云殢雨，缠绣衾、不与同欢。
尽更深、款款问伊，今后敢更无端？

◎桓帝元嘉中，京都妇女作愁眉、啼妆、堕马髻、折要步、龋齿笑。所谓愁眉者，细而曲折；啼妆者，薄拭目下，若啼处；堕马髻者，作一边。（《后汉书·五行志一》）

◎是事，犹云事事或凡事也。（张相《诗词曲语辞汇释》）

◆"诮謷"，北语，犹言谐谑也。红友以为"认得"以下难解，恐必有误。案：此云"向人诮謷"即用北语。诮謷者，言善谑浪，作罕辟讥笑之语，如闲中信口诙谐也。（郑文焯《乐章集校》）

定风波

自春来、惨绿愁红，芳心是事可可。
日上花梢，莺穿柳带，犹压香衾卧。
暖酥消，腻云亸。
终日厌厌倦梳裹。
无那。
恨薄情一去，音书无个。

早知恁么。
悔当初、不把雕鞍锁。

向鸡窗、只与蛮笺象管，拘束教吟课。

镇相随，莫抛躲。

针线闲拈伴伊坐。

和我。

免使年少，光阴虚过。

◎韦氏美而艳，琼英腻云，莲藕莹波，露濯猗姿。（《太平广记》卷一五二引《郑德璘传》）

◎晋兖州刺史沛国宋处宗尝买得一长鸣鸡，爱养甚至，恒笼着窗间。鸡遂作人语，与处宗谈论，极有玄致，终日不辍。处宗因此功业大进。（唐欧阳询《艺文类聚》卷九一引南朝宋刘义庆《幽明录》）

◎唐，中国未备，多取于外夷，故唐人诗中多用"蛮笺"字，亦有为也。高丽岁贡蛮纸，书卷多用为衬。日本国出松皮纸。又南番出香皮纸，色白，纹如鱼子。又苔纸，以水苔为之，名侧理纸。……又扶桑国出茇皮纸……（元陶宗仪《说郛》卷二四下"蛮纸"条）

◆柳三变既以词忤仁庙，吏部不敢改官。三变不能堪，诣政府。晏公曰："贤俊作曲子么？"三变曰："只如相公亦作曲子。"公曰："殊虽作曲子，不曾道'针线慵拈伴伊坐'。"柳遂退。（宋张舜民《画墁录》）

◆此代妓女抒写离情之词。词意极明，当是为妓女歌唱而作者。（刘永济《唐五代两宋词简析》）

诉衷情近

雨晴气爽，伫立江楼望处。

澄明远水生光，重叠暮山耸翠。

遥认断桥幽径，隐隐渔村，

向晚孤烟起。

残阳里。

脉脉朱阑静倚。

黯然情绪，未饮先如醉。

愁无际。

暮云过了，秋光老尽，故人千里。

竟日空凝睇。

◎雨恨云愁，江南依旧称佳丽。水村渔市。一缕孤烟细。（宋王禹偁《点绛唇》）

◆词中有画。此情此景，黯然销魂。（清陈廷焯《别调集》）

诉衷情近

幽闺昼永，渐入清和气序。

榆钱飘满闲阶，莲叶嫩生翠沼。

遥望水边幽径，山崦孤村，是处园林好。

闲情悄。

绮陌游人渐少。

少年风韵，自觉随春老。

追前好。

帝城信阻，天涯目断，暮云芳草。

伫立空残照。

◎迤逦时光昼永，气序清和。榴花院落，时闻求友之莺；细柳亭轩，乍见引雏之燕。（宋孟元老《东京梦华录》卷八）

◆上、下阕分写情景。"少年风韵"二句，寄慨良深，有"春来懒上楼"之感。结句馀韵不尽。（俞陛云《唐五代两宋词选释》）

留客住

偶登眺。
凭小阑、艳阳时节，乍晴天气，
是处闲花芳草。
遥山万叠云散，涨海千里，潮平波浩渺。
烟村院落，是谁家绿树，数声啼鸟。

旅情悄。
远信沉沉，离魂杳杳。
对景伤怀，度日无言谁表？
惆怅旧欢何处？后约难凭，看看春又老。
盈盈泪眼，望仙乡，隐隐断霞残照。

◎看看，估量时间之辞。有转眼义。(张相《诗词曲语辞汇释》)

◆晓峰场，在县西十二里。柳永字耆卿，以字行，本朝仁庙时为屯田郎官，尝监晓峰盐场，有长短句，名《留客住》，刻于石，在庙舍中。后厄兵火，毁弃不存。今词集中备载之。(宋张津等《乾道四明图经》)

迎春乐

近来憔悴人惊怪。
为别后、相思煞。
我前生、负你愁烦债。
便苦恁难开解。

良夜永、牵情无计奈。
锦被里、馀香犹在。

怎得依前灯下，恣意怜娇态。

◎美人在时花满堂，美人去后馀空床。床中绣被卷不寝，至今三载闻馀香。（唐李白《寄远》十二首其十一）

隔帘听

咫尺凤衾鸳帐，欲去无因到。
虾须窣地重门悄。
认绣履频移，洞房杳杳。
强语笑。
逞如簧、再三轻巧。

梳妆早。
琵琶闲抱。
爱品相思调。
声声似把芳心告。
隔帘听，赢得断肠多少。
恁烦恼。
除非共伊知道。

◎《尔雅》以鰝为大虾，郭氏云："出海中者，长二三丈，须长数尺。"可为帘也。（宋陆佃《增修埤雅广要》）

◆此词咏调名本意。柳永《凤栖梧》云："帘下清歌帘外宴。虽爱新声，不见如花面。"黄庭坚有《粹老家隔帘听琵琶》诗，可见当时奏乐场面。

凤归云

恋帝里，金谷园林，
平康巷陌，触处繁华，
连日疏狂，未尝轻负，寸心双眼。
况佳人、尽天外行云，掌上飞燕。
向玳筵、一一皆妙选。
长是因酒沉迷，被花萦绊。

更可惜、淑景亭台，暑天枕簟。
霜月夜凉，雪霰朝飞，
一岁风光，尽堪随分，俊游清宴。
算浮生事，瞬息光阴，锱铢名宦。
正欢笑，试恁暂时分散。
却是恨雨愁云，地遥天远。

◎长安有平康坊，妓女所居之地。京都侠少，萃集于此，兼每年新进士，以红笺名纸游谒其中。时人谓此坊为风流薮泽。（五代王仁裕《开元天宝遗事》卷二）

◎薛谭学讴于秦青，未穷青之技，自谓尽之，遂辞归。秦青弗止，饯于郊衢，抚节悲歌，声振林木，响遏行云。薛谭乃谢求反，终身不敢言归。（《列子·汤问》）

◎汉成帝获飞燕，身轻欲不胜风。恐其飘翥，帝为造水晶盘，令宫人掌之而歌舞，又制七宝避风台，间以诸香安于上，恐其四肢不禁也。（元陶宗仪《说郛》卷一一一下引宋乐史《杨太真外传》卷上）

抛球乐

晓来天气浓淡, 微雨轻洒。
近清明, 风絮巷陌, 烟草池塘, 尽堪图画。
艳杏暖、妆脸匀开, 弱柳困、宫腰低亚。
是处丽质盈盈, 巧笑嬉嬉, 手簇秋千架。
戏彩球罗绶, 金鸡芥羽,
少年驰骋, 芳郊绿野。
占断五陵游, 奏脆管、繁弦声和雅。

向名园深处, 争柢画轮, 竞羁宝马。
取次罗列杯盘, 就芳树、绿阴红影下。
舞婆娑, 歌宛转, 仿佛莺娇燕姹。
寸珠片玉, 争似此、浓欢无价。
任他美酒, 十千一斗, 饮竭仍解金貂贳。
恣幕天席地, 陶陶尽醉太平,
且乐唐虞景化。
须信艳阳天, 看未足、已觉莺花谢。
对绿蚁翠蛾, 怎忍轻舍?

◎寒食日, 赐侍臣彩球绣。(唐段成式《酉阳杂俎》卷一)

◎季、郈之鸡斗, 季氏介其鸡, 郈氏为之金距。(《左传》昭公二十五年)

◎我归宴平乐, 美酒斗十千。(三国曹植《名都篇》)

◎尝以金貂换酒, 复为所司弹劾, 帝宥之。(《晋书·阮孚传》)

◎行无辙迹, 居无室庐, 幕天席地, 纵意所如。(晋刘伶《酒德颂》)

◎先生于是方捧罂承槽, 衔杯漱醪, 奋髯箕踞, 枕曲藉糟, 无思无虑, 其乐陶陶。(《晋书·刘伶传》)

◎《释名》曰："酒有泛齐，浮蚁在上洗洗然。"（《文选·谢朓〈在郡卧病呈沈尚书〉》"绿蚁方独持"李善注）

◆结拍与《破阵乐》"渐觉云海沉沉，洞天日晚"，语意俱有掉入苍茫之慨，骨气雄逸，与徒写景物情事，意境不同。（郑文焯《乐章集校》）

集贤宾

小楼深巷狂游遍，罗绮成丛。
就中堪人属意，最是虫虫。
有画难描雅态，无花可比芳容。
几回饮散良宵永，鸳衾暖、凤枕香浓。
算得人间天上，惟有两心同。

近来云雨忽西东。
烦恼损情悰。
纵然偷期暗会，长是匆匆。
争似和鸣偕老，免教敛翠啼红。
眼前时、暂疏欢宴，盟言在、更莫忡忡。
待作真个宅院，方信有初终。

◎初，懿氏卜妻敬仲。其妻占之，曰："吉。"是谓"凤皇于飞，和鸣锵锵。"（《左传》庄公二十二年）

◎执子之手，与子偕老。（《诗经·邶风·击鼓》）

◎愁紫翠眉敛，啼多红粉漫。（梁元帝《荡妇秋思赋》）

◎未见君子，忧心忡忡。（《诗经·召南·草虫》）

殢人娇

当日相逢,便有怜才深意。
歌筵罢、偶同鸳被。
别来光景,看看经岁。
昨夜里、方把旧欢重继。

晓月将沉,征骖已鞴。
愁肠乱、又还分袂。
良辰美景,恨浮名牵系。
无分得、与你恣情浓睡。

思归乐

天幕清和堪宴聚。
想得尽、高阳俦侣。
皓齿善歌长袖舞。
渐引入、醉乡深处。

晚岁光阴能几许?
这巧宦、不须多取。
共君斗把酒听杜宇。
解再三、劝人归去。

◎沛公引兵过陈留,郦生踵军门上谒……使者出谢曰:"沛公敬谢先生,方以天下为事,未暇见儒人也。"郦生瞋目案剑叱使者曰:"走!复入言沛公,吾高阳酒徒也,非儒人也。"(《史记·郦生陆贾列传》)

◎蜀望帝淫其臣鳖灵之妻,乃禅位而逃,时此鸟适鸣,故蜀人以杜鹃

鸣为悲望帝,其鸣为不如归去云。(《蜀王本纪》)

应天长

残蝉渐绝。
傍碧砌修梧,败叶微脱。
风露凄清,正是登高时节。
东篱霜乍结。
绽金蕊、嫩香堪折。
聚宴处,落帽风流,未饶前哲。

把酒与君说。
恁好景佳辰,怎忍虚设。
休效牛山,空对江天凝咽。
尘劳无暂歇。
遇良会、剩偷欢悦。
歌声阕。杯兴方浓,莫便中辍。

◎晚枝多露蝉之思,夕蔓趣寒螀之愁。至若松竹含韵,梧楸蚤脱,惊绮疏之晓吹,堕碧砌之凉月。(唐刘禹锡《秋声赋》)

◎汝南桓景随费长房游学累年,长房谓曰:'九月九日汝家中当有灾,宜急去令家人作绛囊盛茱萸以系臂,登高饮菊花酒,此祸可除。'景如言,齐家登山,夕还,见鸡犬牛羊一时暴死。长房闻之,曰:'此可代也。'"今世人九日登高饮酒,妇人带茱萸囊,盖始于此。(《续齐谐记》)

◎采菊东篱下,悠然见南山。(晋陶潜《饮酒》其五)

◎玉树始落,金蕊初荣。(南朝梁萧统《七契》。金蕊,即菊花。)

◎(孟嘉)后为征西桓温参军,温甚重之。九月九日,温燕龙山,寮佐毕集。时佐吏并着戎服，有风至，吹嘉帽堕落，嘉不之觉。温使左右勿言，欲观其举止。嘉良久如厕，温令取还之，命孙盛作文嘲嘉，着嘉坐处。嘉还见，即答之，其文甚美，四坐嗟叹。(《晋书·孟嘉传》)

◎(齐)景公游于牛山，北临其国城而流涕曰："若何滂滂去此而死乎!"艾孔、梁丘据皆从而泣，晏子独笑于旁。公刷涕而顾晏子曰："寡人今日之游悲，孔与据皆从寡人而涕泣，子之独笑，何也?"晏子对曰："使贤者常守之，则太公、桓公将常守之矣。使勇者常守之，则庄公、灵公将常守之矣。数君者将守之，则吾君安得此位而立焉?以其迭处之，迭去之，至于君也。而独为之流涕，是不仁也。不仁之君见一，谄谀之臣见二，此臣之所以独窃笑也。"(《晏子春秋·内篇谏上》)

合欢带

身材儿、早是妖娆。
算风措、实难描。
一个肌肤浑似玉，更都来、占了千娇。
妍歌艳舞，莺惭巧舌，柳妒纤腰。
自相逢，便觉韩娥价减，飞燕声消。

桃花零落，溪水潺湲，重寻仙径非遥。
莫道千金酬一笑，便明珠、万斛须邀。
檀郎幸有，凌云词赋，掷果风标。
况当年，便好相携，凤楼深处吹箫。

◎都来，犹云统统也；不过也；算来也。(张相《诗词曲语辞汇释》)
◎昔韩娥东之齐，匮粮，过雍门，鬻歌假食。既去，而馀音绕梁欐，三日不绝，左右以其人弗去。过逆旅，逆旅人辱之。韩娥因曼声哀哭，一里老幼悲愁，垂泣相对，三日不食。遽而追之，娥还，复为曼声长歌，一里

老幼喜跃抃舞，弗能自禁，忘向之悲也。乃厚赂发之。故雍门之人，至今善歌哭，放娥之遗声。（《列子·汤问》）

◎汉永平中，刘晨、阮肇采药失故道，行至溪浒，二女迎归，食以胡麻饭。求去，指示之，至家已七世矣。'《太平广记》卷六二：'刘晨、阮肇入天台采药，远不得返。经十三日，饥，遥望山上有桃树子熟，遂跻险援葛至其下，噉数枚，饥止体充，欲下山以杯取水。见芜菁叶流下甚鲜妍，复有一杯流下，有胡麻饭焉，乃相谓曰："此近人矣。"遂渡山，出一大溪，溪边有二女子，色甚美。见二人持杯，便笑曰："刘阮二郎，捉向杯来。"刘阮惊，二女遂忻然如旧相识曰："来何晚耶？"因邀还家。……至十日，求还。苦留半年，气候草木常是春时，百鸟啼鸣，更怀乡，归思甚苦。女遂相送，指示还路，乡邑零落已十世矣。（南朝宋刘义庆《幽明录》）

◎相如既奏大人之颂，天子大说：飘飘有凌云之气，似游天地之间。（《史记·司马相如传》）

◎（潘）岳美姿仪，辞藻绝丽，尤善为哀诔之文。少时常挟弹出洛阳道，妇人遇者，皆连手萦绕，投之以果，遂满车而归。（《晋书·潘岳传》）

少年游

长安古道马迟迟。
高柳乱蝉栖。
夕阳岛外，秋风原上，目断四天垂。

归云一去无踪迹，何处是前期？
狎兴生疏，酒徒萧索，不似去年时。

◎行道迟迟，中心有违。（《诗经·邶风·谷风》，《毛传》："迟迟，舒行貌。"）

◎愁肠泥酒人千里，泪眼倚楼天四垂。（唐韩偓《有忆》）

◎惊飙褰反信，归云难寄音。（晋陆机《拟行行重行行》）

◆"楼上晴天碧四垂"本韩侍郎"泪眼倚楼天四垂"，不妨并佳。欧文忠"拍堤春水四垂天"，柳员外"目断四天垂"，皆本韩句，而意致少减。（清王士禛《花草蒙拾》）

◆挑灯读宋人词，至柳耆卿云："狎兴生疏，酒徒萧索，不似少年时。"语不工，甚可慨也。（清谭献《复堂词话》）

少年游

参差烟树灞陵桥。
风物尽前朝。
衰杨古柳，几经攀折，憔悴楚宫腰。

夕阳闲淡秋光老，离思满蘅皋。
一曲《阳关》，断肠声尽，独自凭兰桡。

◎灞桥在长安东，跨水作桥。汉人送客至此桥，折柳赠别。（《三辅黄图》）

◎劝君更尽一杯酒，西出阳关无故人。（唐王维《渭城曲》）

◆屯田此调，居然胜场，不独"晓风残月"之工也。（清先著、程洪撰，胡念贻辑《词洁辑评》卷一）

◆上阕苍凉怀古，下阕伤离怨别，与前首略同。"阳关"三句，有曲终人远之思。（俞陛云《唐五代两宋词选释》）

少年游

层波潋滟远山横。

一笑一倾城。

酒容红嫩，歌喉清丽，百媚坐中生。

墙头马上初相见，不准拟、恁多情。

昨夜杯阑，洞房深处，特地快逢迎。

◎司马相如妻文君眉色如望远山，时人效画远山眉。（《西京杂记》）

◎北方有佳人，绝世而独立，一顾倾人城，再顾倾人国。宁不知倾城与倾国，佳人难再得。（《汉书·外戚传》载李延年歌）

◎回眸一笑百媚生，六宫粉黛无颜色。（唐白居易《长恨歌》）

◎妾弄青梅凭短墙，君骑白马傍垂杨。墙头马上遥相顾，一见知君即断肠。（唐白居易《井底引银瓶》）

少年游

世间尤物意中人。

轻细好腰身。

香帏睡起，发妆酒酽，红脸杏花春。

娇多爱把齐纨扇，和笑掩朱唇。

心性温柔，品流闲雅，不称在风尘。

少年游

淡黄衫子郁金裙。

长忆个人人。

文谈闲雅，歌喉清丽，举措好精神。

当初为倚深深宠，无个事、爱娇嗔。

想得别来，旧家模样，只是翠蛾颦。

少 年 游

铃斋无讼宴游频。

罗绮簇簪绅。

施朱傅粉，丰肌清骨，容态尽天真。

舞裀歌扇花光里，翻回雪、驻行云。

绮席阑珊，凤灯明灭，谁是意中人？

◎裾似飞燕，袖如回雪。（汉张衡《舞赋》）

◎周穆王设长生之灯以自照，列璠龙膏之烛，偏于宫内。又有凤脑之灯，冰荷以盖其上。"（唐徐坚《初学记》卷二五引《拾遗记》）

少 年 游

帘垂深院冷萧萧。

花外漏声遥。

青灯未灭，红窗闲卧，魂梦去迢迢。

薄情漫有归消息，鸳鸯被、半香消。

试问伊家，阿谁心绪，禁得恁无憀。

◎柳丝长，春雨细。花外漏声迢递。（唐温庭筠《更漏子》）

少年游

一生赢得是凄凉。
追前事、暗心伤。
好天良夜,深屏香被,争忍便相忘。

王孙动是经年去,贪迷恋、有何长。
万种千般,把伊情分,颠倒尽猜量。

◎光景旋消惆怅在,一生赢得是凄凉。(唐韩偓《五更》)

少年游

日高花谢懒梳头。
无语倚妆楼。
修眉敛黛,遥山横翠,相对结春愁。

王孙走马长楸陌,贪迷恋、少年游。
似恁疏狂,费人拘管,争似不风流。

◎梳洗罢,独倚望江楼。过尽千帆皆不是,斜晖脉脉水悠悠。肠断白
蘋洲。(唐温庭筠《望江南》)

◎怨入眉头,敛黛峰横翠。(宋张先《碧牡丹》)

◎斗鸡东郊道,走马长楸间。(三国魏曹植《名都篇》)

◆"不风流",恐又耐他不过耳。(明卓人月《古今词统》)

◆罗烨《醉翁谈录》庚集卷三谓柳永曾宰华阴。柳永《瑞鹧鸪》词云:
"金吴嘉会古风流,渭南往岁忆来游。"《少年游》即其宰华阴,游渭南
之证。

少年游

佳人巧笑值千金。
当日偶情深。
几回饮散, 灯残香暖, 好事尽鸳衾。

如今万水千山阻, 魂杳杳、信沉沉。
孤棹烟波, 小楼风月, 两处一般心。

◎巧笑倩兮, 美目盼兮。(《诗经·卫风·硕人》)

长相思

画鼓喧街, 兰灯满市, 皎月初照严城。
清都绛阙夜景, 风传银箭, 露零金茎。
巷陌纵横。
过平康款辔, 缓听歌声。
凤烛荧荧。
那人家、未掩香屏。

向罗绮丛中, 认得依稀旧日, 雅态轻盈。
娇波艳冶, 巧笑依然, 有意相迎。
墙头马上, 漫迟留、难写深诚。
又岂知、名宦拘检, 年来减尽风情。

◎清都、紫微、钧天、广乐, 帝之所居。(《列子·周穆王》)
◎金茎, 铜柱也。(《文选·班固〈西都赋〉》"擢双立之金茎" 李善
注)

◎长安有平康坊，妓女所居之地。京都侠少，萃集于此，兼每年新进士，以红笺名纸游谒其中。时人谓此坊为风流薮泽。（五代王仁裕《开元天宝遗事》卷二）

◎妾弄青梅凭短墙，君骑白马傍垂杨。墙头马上遥相顾，一见知君即断肠。（唐白居易《井底引银瓶》）

◎年来，等于说近来，指距眼前不远的一段时间，不是"近年以来"的省略，时间名词。（王锳《诗词曲语辞例释》）

尾　犯

晴烟幂幂。
渐东郊芳草，染成轻碧。
野塘风暖，游鱼动触，冰澌微坼。
几行断雁，旋次第、归霜碛。
咏新诗，手捻江梅，故人赠我春色。

似此光阴催逼。
念浮生、不满百。
虽照人轩冕，润屋珠金，于身何益。
一种劳心力。
图利禄、殆非长策。
除是恁、点检笙歌，访寻罗绮消得。

◎陆凯与范晔为友，在江南寄梅花一枝诣长安，与晔，并赠诗云："折梅逢驿使，寄与陇头人。江南无所有，聊赠一枝春。"（《太平御览》卷一九《荆州记》）

◎生年不满百，常怀千岁忧。（《古诗十九首》）

◎富润屋，德润身。（《礼记·大学》）

木兰花

心娘自小能歌舞。
举意动容皆济楚。
解教天上念奴羞，不怕掌中飞燕妒。

玲珑绣扇花藏语。
宛转香裀云衬步。
王孙若拟赠千金，只在画楼东畔住。

◎汉成帝获飞燕，身轻欲不胜风。恐其飘翥，帝为造水晶盘，令宫人掌之而歌舞，又制七宝避风台，间以诸香安于上，恐其四肢不禁也。（元陶宗仪《说郛》卷一一一下引宋乐史《杨太真外传》卷上）

木兰花

佳娘捧板花钿簇。
唱出新声群艳伏。
金鹅扇掩调累累，文杏梁高尘簌簌。

鸾吟凤啸清相续。
管裂弦焦争可逐。
何当夜召入连昌，飞上九天歌一曲。

◎刻木兰以为榱兮，饰文杏以为梁。（汉司马相如《长门赋》）
◎翕然声作疑管裂，讪然声尽疑刀截。（唐白居易《小童薛阳陶吹觱栗歌》）
◎何当，犹云合当也；何合声近，故以何当为合当。（张相《诗词曲语

辞汇释》)

木兰花

虫娘举措皆温润。
每到婆娑偏恃俊。
香檀敲缓玉纤迟,画鼓声催莲步紧。

贪得顾盼夸风韵。
往往曲终情未尽。
坐中年少暗消魂,争问青鸾家远近。

◎子仲之子,婆娑其下。(《诗经·陈风·东门之枌》,《毛传》:"婆娑,舞也。")

◎凿金为莲华以帖地,令潘妃行其上,曰:"此步步生莲华也。"(《南史·齐本纪下·废帝东昏侯传》)

◎七月七日,上于承华殿斋,正中,忽有一青鸟从西方来,集殿前。上问东方朔,朔曰:"此西王母欲来也。"有顷,王母至,有二青鸟如乌,挟持王母旁。(唐欧阳询《艺文类聚》卷九一引《汉武故事》)

木兰花

酥娘一搦腰肢袅。
回雪萦尘皆尽妙。
几多狎客看无厌,一辈舞童功不到。

星眸顾拍精神峭。
罗袖迎风身段小。

而今长大懒婆娑，只要千金酬一笑。

◎裾似飞燕，袖如回雪。（汉张衡《舞赋》）

◎燕昭王即位二年，广延国来献善舞者二人……其舞一名《萦尘》，言其体轻与尘相乱。（晋王嘉《拾遗记》卷四）

◎再顾连城易，一笑千金买。（南朝梁王僧孺《咏宠姬》）

驻马听

凤枕鸾帏。
二三载，如鱼似水相知。
良天好景，深怜多爱，无非尽意依随。
奈何伊。
恣性灵、忒煞些儿。
无事孜煎，万回千度，怎忍分离。

而今渐行渐远，渐觉虽悔难追。
漫恁寄消息，终久奚为。
也拟重论缱绻，争奈翻覆思维。
纵再会，只恐恩情，难似当时。

诉衷情

一声画角日西曛。
催促掩朱门。
不堪更倚危阑，肠断已消魂。

年渐晚，雁空频。

问无因。
思心欲碎,愁泪难收,又是黄昏。

戚　氏

晚秋天。
一霎微雨洒庭轩。
槛菊萧疏,井梧零乱惹残烟。
凄然。
望乡关。
飞云黯淡夕阳间。
当时宋玉悲感,向此临水与登山。
远道迢递,行人凄楚,倦听陇水潺湲。
正蝉吟败叶,蛩响衰草,相应喧喧。

孤馆度日如年。
风露渐变,悄悄至更阑。
长天净,绛河清浅,皓月婵娟。
思绵绵。
夜永对景,那堪屈指,暗想从前。
未名未禄,绮陌红楼,往往经岁迁延。

帝里风光好,当年少日,暮宴朝欢。
况有狂朋怪侣,遇当歌、对酒竞留连。
别来迅景如梭,旧游似梦,烟水程何限。
念利名、憔悴长萦绊。
追往事、空惨愁颜。
漏箭移、稍觉轻寒。

听呜咽、画角数声残。

对闲窗畔，停灯向晓，抱影无眠。

◎槛菊愁烟兰泣露。罗幕轻寒，燕子双飞去。（宋晏殊《蝶恋花》）

◎悲哉秋之为气也，萧瑟兮草木摇落而变衰。憭栗兮若在远行，登山临水兮送将归。（《楚辞·九辩》）

◎小陇山，一名陇坻，又名分水岭。……陇阪九回，不知高几里。每山东人西役，升此瞻望，莫不悲思。陇山有水，东西分流，因号驿为分水驿。行人歌曰："陇头流水，鸣声幽咽。遥见秦川，肝肠断绝。"（唐李吉甫《元和郡县志》卷三九）

◎草间蛩响临秋急，山里蝉声薄暮悲。（唐王维《早秋山中作》）

◎明堂之制，有盖而无四方，风雨不能袭，寒暑不能伤，迁延而入之，养民以公。（《淮南子·主术训》，高诱注："迁延，犹偟佯也。"）

◎朱火独照人，抱景自愁怨。（《文选·王微〈杂诗〉》）

◆前辈云："《离骚》寂寞千年后，《戚氏》凄凉一曲终。"《戚氏》，柳所作也。柳何敢知世间有《离骚》，惟贺方回、周美成时时得之。（宋王灼《碧鸡漫志》）

◆《戚氏》为屯田创调，"晚秋天"一首，写客馆秋怀，本无甚出奇，然用笔极有层次。初学慢词，细玩此章，可悟谋篇布局之法。第一遍，就庭轩所见，写到征夫前路。第二遍，就流连夜景，写到追怀昔游。第三遍，接写昔游经历，仍落到天涯孤客，竟夜无眠情况，章法一丝不乱。惟第二遍自"夜永对景"至"往往经岁迁延"，第三遍自"别来迅景如梭"至"追往事空惨愁颜"，均是数句一气贯注。屯田词，最长于行气，此等处甚难学。后人遇此等处，多用死句填实，纵令琢句工稳，其如恹恹无生气何。（清蔡嵩云《柯亭词论》）

轮台子

一枕清宵好梦,可惜被、邻鸡唤觉。
匆匆策马登途,满目淡烟衰草。
前驱风触鸣珂,过霜林、渐觉惊栖鸟。
冒征尘远况,自古凄凉长安道。
行行又历孤村,楚天阔、望中未晓。

念劳生,惜芳年壮岁,离多欢少。
叹断梗难停,暮云渐杳。
但黯黯魂消,寸肠凭谁表?
恁驰驱、何时是了?
又争似、却返瑶京,重买千金笑。

◎行行重行行,与君生别离。(《古诗十九首》)

◆世传永尝作《轮台子》蚤行词,颇自以为得意。其后张子野见之,云:"既言'匆匆策马登途,满目淡烟衰草',则已辨色矣,而后又言'楚天阔,望中未晓',何也? 柳何语意颠倒如是。"(宋胡仔《苕溪渔隐丛话·后集》引《艺苑雌黄》)

引驾行

虹收残雨。
蝉嘶败柳长堤暮。
背都门、动消黯,西风片帆轻举。
愁睹。
泛画鹢翩翩,灵鼍隐隐下前浦。
忍回首、佳人渐远,想高城、隔烟树。

几许?
秦楼永昼,谢阁连宵奇遇。
算赠笑千金,酬歌百琲,尽成轻负。
南顾。
念吴邦越国,风烟萧索在何处?
独自个、千山万水,指天涯去。

◎龙舟鹢首,浮吹以娱。(《淮南子·本经训》,高诱注:"鹢,大鸟也。画其象着船头,故曰鹢首也。")

◎(石崇)又屑沉水之香,如尘末,布象床上,使所爱者践之,无迹者赐以真珠百琲。有迹者节其饮食,令体轻弱。故闺中相戏曰:尔非细骨轻躯,那得百琲真珠。(晋王嘉《拾遗记》卷九)

◆句中八字对者两处。(夏敬观《映庵词评》)

望远行

绣帏睡起。
残妆浅、无绪匀红铺翠。
藻井凝尘,金阶铺藓,寂寞凤楼十二。
风絮纷纷,烟芜苒苒,
永日画阑,沉吟独倚。
望远行,南陌春残悄归骑。

凝睇。
消遣离愁无计。
但暗掷、金钗买醉。
对好景、空饮香醪,争奈转添珠泪。
待伊游冶归来,

故故解放翠羽, 轻裙重系。
见纤腰围小, 信人憔悴。

◎凤楼十二重, 四户八绮窗。(南朝宋鲍照《代陈思王京洛篇》)

◎顾我无衣搜荩箧, 泥他沽酒拔金钗。(唐元稹《遣悲怀》)

◎故, 犹云故意或特意也。……故故亦同义。(张相《诗词曲语辞汇释》)

彩云归

蘅皋向晚舣轻航。
卸云帆、水驿鱼乡。
当暮天、霁色如晴昼, 江练静、皎月飞光。
那堪听、远村羌管, 引离人断肠。
此际浪萍风梗, 度岁茫茫。

堪伤。
朝欢暮散, 被多情、赋与凄凉。
别来最苦, 襟袖依约, 尚有馀香。
算得伊、鸳衾凤枕, 夜永争不思量?
牵情处, 惟有临歧, 一句难忘。

◎蘅皋, 香草之泽也。(《文选·曹植〈洛神赋〉》"尔乃税驾乎蘅皋"刘良注)

◎馀霞散成绮, 澄江静如练。(南朝齐谢朓《晚登三山还望京邑》)

◎日下壁而沉彩, 月上轩而飞光。(南朝梁江淹《别赋》)

◎客似惊弦雁, 舟如委浪萍。谁人劝言笑, 何计慰漂零。(唐白居易《送客南迁》)

洞仙歌

佳景留心惯。

况少年彼此，风情非浅。

有笙歌巷陌，绮罗庭院。

倾城巧笑如花面。

恣雅态、明眸回美盼。

同心绾。算国艳仙材，翻恨相逢晚。

缱绻。

洞房悄悄，绣被重重，夜永欢馀，

共有海约山盟，记得翠云偷剪。

和鸣彩凤于飞燕。

闲柳径花阴携手遍。

情眷恋。

向其间、密约轻怜事何限。

忍聚散？况已结深深愿。

愿人间天上，暮云朝雨长相见。

◎虽爱新声，不见如花面。（宋欧阳修《蝶恋花》）

◎巧笑倩兮，美目盼兮。（《诗经·卫风·硕人》）

◎初，懿氏卜妻敬仲。其妻占之，曰："吉。"是谓"凤皇于飞，和鸣锵锵。"（《左传》庄公二十二年）

◎燕燕于飞，差池其羽。（《诗经·邶风·燕燕》）

◎在天愿作比翼鸟，在地愿为连理枝。（唐白居易《长恨歌》）

◎妾在巫山之阳，高丘之阻。且为朝云，暮为行雨，朝朝暮暮，阳台之下。（战国宋玉《高唐赋序》）

离别难

花谢水流倏忽，嗟年少光阴。
有天然、蕙质兰心。
美韶容、何啻值千金。
便因甚、翠弱红衰，缠绵香体，都不胜任。
算神仙、五色灵丹无验，中路委瓶簪。

人悄悄，夜沉沉。
闭香闺、永弃鸳衾。
想娇魂媚魄非远，纵洪都方士也难寻。
最苦是、好景良天，尊前歌笑，空想遗音。
望断处，杳杳巫峰十二，千古暮云深。

◎（钟繇）见蔡伯喈笔法于韦诞坐上，自搥胸三日，其胸尽青，因呕血。太祖以五灵丹救之得活。繇苦求之，不得。及诞死，繇令人盗掘其墓，遂得之。（唐韦续《墨薮》卷一）

◎井底引银瓶，银瓶欲上丝断绝。石上磨玉簪，玉簪欲成中央折。瓶沉簪折知奈何，似妾今朝与君别。（唐白居易《井底引银瓶》）

◎昔者楚襄王与宋玉游于云梦之台，望高唐之观，其上独有云气，崒兮直上，忽兮改容，须臾之间，变化无穷。王问玉曰："此何气也？"玉对曰："所谓朝云者也。"王曰："何谓朝云？"玉曰："昔者先王尝游高唐，怠而昼寝，梦见一妇人曰：'妾，巫山之女也。为高唐之客。闻君游高唐，愿荐枕席。'王因幸之。去而辞曰：'妾在巫山之阳，高丘之阻，旦为朝云，暮为行雨，朝朝暮暮，阳台之下。'旦朝视之，如言。故为立庙，号曰朝云。"（战国宋玉《高唐赋序》）

◆此哀逝之作。（郑文焯《乐章集校》）

击梧桐

香靥深深，姿姿媚媚，雅格奇容天与。
自识伊来，便好看承，会得妖娆心素。
临歧再约同欢，定是都把、平生相许。
又恐恩情，易破难成，未免千般思虑。

近日书来，寒暄而已，苦没切切言语。
便认得、听人教当，拟把前言轻负。
见说兰台宋玉，多才多艺善词赋。
试与问、朝朝暮暮。
行云何处去？

◎流盼发姿媚，言笑吐芬芳。（三国魏阮籍《咏怀》）

◎看承，犹云看待也；亦云特别看待也。（张相《诗词曲语辞汇释》）

◎楚襄王游于兰台之宫，宋玉、景差侍。（战国宋玉《风赋序》）

◎妾在巫山之阳，高丘之阻。旦为朝云，暮为行雨，朝朝暮暮，阳台之下。（战国宋玉《高唐赋序》）

◆柳耆卿尝在江淮眷一官妓，临别以杜门为期。既来京师，日久未还，妓有异图，耆卿闻之怏怏。会朱儒林往江淮，柳因作《击梧桐》以寄之（词略）。妓得此词，遂负愧竭产，泛舟来辇下，遂终身从耆卿焉。（《绿窗新话》卷上引杨湜《古今词话》）

夜半乐

冻云黯淡天气，扁舟一叶，乘兴离江渚。
渡万壑千岩，越溪深处。

怒涛渐息，樵风乍起，更闻商旅相呼。
片帆高举。
泛画鹢、翩翩过南浦。

望中酒旆闪闪，一簇烟村，数行霜树。
残日下，渔人鸣榔归去。
败荷零落，衰杨掩映，
岸边两两三三，浣纱游女。
避行客、含羞笑相语。

到此因念，绣阁轻抛，浪萍难驻。
叹后约丁宁竟何据？
惨离怀，空恨岁晚归期阻。
凝泪眼、杳杳神京路。
断鸿声远长天暮。

◎顾长康（恺之）从会稽还，人问山川之美，顾云："千岩竞舟，万壑争流。草木蒙笼其上，若云兴霞蔚。"（南朝宋刘义庆《世说新语·言语》）

◎射的山南有白鹤山，此鹤为仙人取箭。汉太尉郑弘尝采薪，得一遗箭，顷有人觅，弘还之，问何所欲，弘识其神人也，曰："常患若邪溪载薪为难，愿旦南风，暮北风。"后果然。故若邪溪风至今犹然，呼为"郑公风"也。（《后汉书·郑弘传》李贤注引南朝宋孔灵符《会稽记》）

◎龙舟鹢首，浮吹以娱。（《淮南子·本经训》，高诱注："鹢，大鸟也。画其象着船头，故曰鹢首也。"）

◎纤经连白，鸣榔厉响。（《文选·潘岳〈西征赋〉》，李善注："《说文》曰：'榔，高木也。'以长木叩舷为声，言曳纤经于前，鸣长榔于后，所以惊鱼，令入网也。"）

◆第一叠言道途所经，第二叠言目中所见，第三叠乃言去国离乡之感。"到此因念，绣阁轻抛"二句，接上一片。(清许昂霄《词综偶评》)

◆此篇层次最妙，始而渡江直下，继乃江尽溪行，"渐"字妙，是行人语。盖风涛虽息，耳中风涛犹未息也。"樵风"句，点缀荒野尚未依村落也。继见"酒旗"，继见"渔人"，继见"游女"，则已傍村落矣。因游女而触离情，不禁叹归期无据。别时邀约，不过一时强慰语耳。"绣阁轻抛，浪萍难驻"，飘零岁暮，悲从中来。继而"断鸿声远"，白日西颓，旅人当此，何以为情？层次之妙，令人寻味不尽。陈直斋谓耆卿最工于行役羁旅，信然。(清陈廷焯《别调集》)

◆柳词《夜半乐》云："怒涛渐息，樵风乍起，更闻商旅相呼。片帆高举，泛画鹢、翩翩过南浦。"此种长调，不能不有此大开大阖之笔。(清陈锐《裒碧斋词话》)

◆柳词胜处，在骨气，不在字面。其写景处，远胜其抒情处。而章法大开大阖，为后起清真、梦窗诸家所取法，信为创调名家。如……《夜半乐》"冻云黯淡天气"(略)诸阕，写羁旅行役中秋景，均穷极工巧。(清蔡嵩云《柯亭词论》)

◆清空流宕，天马行空，一气挥洒。为柳屯田绝唱。屡欲和之，不敢下笔。(郑文焯《乐章集校》)

◆此词三段。第一段只说扁舟远渡所过之地，于"黯淡天气"中，渡"千岩""万壑"。"怒涛"息，"樵风"起，"南浦"之"过"，既饶别离滋味；"商旅相呼"，亦为"绣阁""后约"反映。第二段写途中所见，"酒旆"、"烟村"、"霜树"、"渔榔"、"败荷"、"衰杨"，皆一片萧飒之景。而两三浣女，羞"避行客"，荒凉中之点缀，似空谷足音，触起离怀之惨。缓缓叙来，只是说景，别离之意，言外得之。而其写景则极平淡，极幽艳，周济谓"柳词总以平叙见长，中以一二语钩勒提掇"，冯煦谓"状难状之景"，即此是也。第三段"到此因念"一语拍转。"此"字结束上两段之景，"念"字引起本段离怀，而遥顾"乘兴"，近开"泪眼"，运掉空虚，且见草蛇灰线之妙。"绣阁轻抛"，由游女想入；"浪萍难驻"，由"败荷""衰杨"想入。"叹后约"以下四句,一句一韵,一句一意,渐引渐深,字字飞动,促节繁音,急泪哀进。由"后约""无据"而恨阻"归期",而凝望"神京",而以"断鸿"之"远"、"长天"之"暮"状"岁晚""离怀"之"惨",仍归"天气"作收。前三句与《竹马子》过变同一机栝,后四句与《卜算子慢》后五句同一气势。若合全篇观之,前两段纡徐为妍,为末段蓄势;末段卓荦为杰,一句松不得,一字闲不得,为前两段归结。一词之中,兼两种作法。郑文焯论词,曰骨气,曰高健,端在于此。至其以清劲之气、沉雄之魂,运用长句,尤耆卿特长。美成《西平乐》、梦窗《莺啼序》,全得力于柳词。盖耆卿之不可及者,在骨气不在字面,彼嗤为纤艳俚俗者,未深得三昧也。(陈匪石《宋词举》)

◆此首三片,上片记泛舟所经;中片记舟行所见;下片抒远游之感。大气磅礴,铺叙尽致。起首,点天气黯淡,乘兴泛舟。"度万壑"两句,记舟行之远。"怒涛"三句,记行舟所遇。"片帆"三句,记舟行之速。中片写景如画,皆从"望中"二字生发。霜树烟村,酒旆闪闪,是远景;渔人鸣榔,游女浣纱,是近景。下片,触景生情,语语深厚。初念抛家飘泊,继叹后约无凭,终恨岁晚难归,沉思千般,故不觉泪下。"到此"以下,皆曲处密处。至"凝泪眼"三句,乃用直笔展开,极疏荡浑灏之致。(唐圭璋《唐宋词简释》)

祭天神

叹笑筵歌席轻抛亸。
背孤城、几舍烟村停画舸。
更深钓叟归来,数点残灯火。
被连绵宿酒酲酲,愁无那。
寂寞拥、重衾卧。

又闻得、行客扁舟过。

篷窗近，兰桡急，好梦还惊破。
念平生、单栖踪迹，多感情怀，
到此厌厌，向晓披衣坐。

过涧歇近

淮楚。
旷望极，千里火云烧空，尽日西郊无雨。
厌行旅。
数幅轻帆旋落，舣棹兼葭浦。
避畏景，两两舟人夜深语。

此际争可，便恁奔名竞利去。
九衢尘里，衣冠冒炎暑。
回首江乡，月观风亭，水边石上，
幸有散发披襟处。

◎冬日可爱，夏日可畏。（《左传》文公七年" 赵衰冬日之日也，赵盾夏日之日也 "杜预注）

◎延熹末，党事将作，（袁）闳遂散发绝世，欲投迹深林。（《后汉书·袁闳传》）

◆趋炎附热、势利熏灼、狗苟蝇营之辈，可以"九衢尘里，衣冠冒炎暑"二语尽之。耆卿好为词曲，未第时，已传播四方，西夏归朝官且曰："凡有井水饮处，即能歌柳词。"其重于时如此。尝有《鹤冲天》词云："忍把浮名，换了浅斟低唱。"及临轩放榜，时人语之曰："且去'浅斟低唱'，何要浮名？"是耆卿虽才士，想亦不喜奔竞者，故所言若此。此词实令触热者读之，如冷水浇背矣。意不过为"衣冠冒炎暑"五字下针砭，而凌空结撰，成一篇奇文。先从舟行苦热，深夜舟人之语，布一奇景。忽用

"此际"二字, 直接点入"衣冠炎暑", 令人不测。以后又用"江乡"倒缴, 只一"幸"字缩住。语意含蓄, 笔势奇矫绝伦。(清黄苏《蓼园词选》)

卷　下

安公子

长川波潋滟。
楚乡淮岸迢递,
一霎烟汀雨过,芳草青如染。
驱驱携书剑。
当此好天好景,
自觉多愁多病,行役心情厌。

望处旷野沉沉,暮云黯黯。
行侵夜色,又是急桨投村店。
认去程将近,舟子相呼,遥指渔灯一点。

◎一般毛羽结群飞,雨岸烟汀好景时。(唐杜荀鹤《鸬鹚》)
◎如此富贵多般,早是累生修种,何得于此终日驱驱,求甚事意?
(《敦煌变文集·妙法莲华经讲经文》)

菊花新

欲掩香帏论缱绻。
先敛双蛾愁夜短。
催促少年郎,先去睡、鸳衾图暖。

须臾放了残针线。
脱罗裳、恣情无限。
留取帐前灯,时时待、看伊娇面。

◎于兹怀九逝,自此敛双蛾。(南朝梁沈约《昭君辞》)

◆柳永淫词莫逾于《菊花新》一阕,见升庵《词林万选》。词云:"欲掩香帏论缱绻(略)。"(清李调元《雨村词话》)

过涧歇近

酒醒。
梦才觉,小阁香炭成煤,洞户银蟾移影。
人寂静。
夜永清寒,翠瓦霜凝。
疏帘风动,漏声隐隐,飘来转愁听。

怎向心绪,近日厌厌长似病。
凤楼咫尺,佳期杳无定。
展转无眠,繁枕冰冷。
香虬烟断,是谁与把重衾整?

◎玉阶行路生细草,金炉香炭变成灰。(南朝梁吴均《行路难》)

◎向,语助词,专用于"怎奈"、"如何"一类之语,加强其语气而为其语尾。有曰争向者。(张相《诗词曲语辞汇释》)

◎角枕粲兮,锦衾烂兮。(《诗经·唐风·葛生》)

轮台子

雾敛澄江，烟消蓝光碧。
彤霞衬遥天，掩映断续，半空残月。
孤村望处人寂寞，闻钓叟、甚处一声羌笛。
九疑山畔才雨过，斑竹作、血痕添色。
感行客。
翻思故国，恨因循阻隔。
路久沉消息。

正老松枯柏情如织。
闻野猿啼，愁听得。
见钓舟初出，芙蓉渡头，鸳鸯滩侧。
干名利禄终无益。
念岁岁间阻，迢迢紫陌。
翠蛾娇艳，从别后经今，花开柳拆伤魂魄。
利名牵役。
又争忍、把光景抛掷？

◎沉定蓝光彻，喧盘粉浪开。（唐杜牧《丹水》）

◎南方苍梧之丘，苍梧之渊，其中有九嶷山，舜之所葬。在长沙零陵界中。（《山海经·海内经》）

◎尧之二女，舜之二妃，曰湘夫人。舜崩，二妃啼，以涕挥竹，竹尽斑。（晋张华《博物志》卷八）

◎干名采誉，此明圣所必加诛也。（《汉书·终君传》）

望汉月

明月明月明月。
争奈乍圆还缺。
恰如年少洞房人，暂欢会、依前离别。

小楼凭槛处，正是去年时节。
千里清光又依旧，奈夜永、厌厌人绝。

◎明月。明月。照得离人愁绝。（五代冯延巳《三台令》）

◎远思两乡断，清光千里同。（白居易答《梦得八月十五夜玩月见寄》）

归去来

初过元宵三五。
慵困春情绪。
灯月阑珊嬉游处。
游人尽、厌欢聚。

凭仗如花女。
持杯谢、酒朋诗侣。
馀醒更不禁香醑。
歌筵罢、且归去。

◎来相召，香车宝马，谢他酒朋诗侣。（宋李清照《永遇乐·元宵》）

◎烦热近还散，馀醒见便醒。（唐刘禹锡《牛相公题姑苏所寄太湖石兼寄李苏州》）

燕归梁

织锦裁篇写意深。
字值千金。
一回披玩一愁吟。
肠成结、泪盈襟。

幽欢已散前期远，无聊赖、是而今。
密凭归雁寄芳音。
恐冷落、旧时心。

◎窦滔妻苏氏，始平人也，名蕙，字若兰。善属文。滔，苻坚时为秦州刺史，被徙流沙，苏氏思之，织锦为回文，旋图诗以赠滔。宛转循环以读之，词甚凄惋，凡八百四十字。（《晋书·列女传·窦滔妻苏氏》）

◎吕不韦乃使其客人人著所闻，集论以为八览、六论、十二纪，二十馀万言。以为备天地万物古今之事，号曰《吕氏春秋》。布咸阳市门，悬千金其上，延诸侯游士宾客有能增损一字者予千金。（《史记·吕不韦传》）

八六子

如花貌。
当来便约，永结同心偕老。
为妙年、俊格聪明，凌厉多方怜爱，
何期养成心性近，元来都不相表。
渐作分飞计料。

稍觉因情难供，恁殛恼。

争克罢同欢笑。
已是断弦尤续，覆水难收，
常向人前诵谈，空遣时传音耗。
谩悔懊。此事何时坏了？

◎当来，犹云将来也。（张相《诗词曲语辞汇释》）

◎腰中双绮带，梦为同心结。（南朝梁武帝《有所思》）

◎姜太公妻马氏，不堪其贫而去。及太公既贵，再来。太公取一壶水倾于地，令妻收之。乃语之曰："若言离更合，覆水定难收。"（宋王楙《野客丛书》卷二八）

长寿乐

尤红殢翠。
近日来、陡把狂心牵系。
罗绮丛中，笙歌宴上，有个人人可意。
解严妆巧笑，取次言谈成娇媚。
知几度、密约秦楼尽醉。
仍携手，眷恋香衾绣被。

情渐美。
算好把、夕雨朝云相继。
便是仙禁春深，御炉香袅，临轩亲试。
对天颜咫尺，定然魁甲登高第。
待恁时、等着回来贺喜。
好生地。
剩与我儿利市。

◎晚唐诗人用"㥾"字……均为纠缠不清之意，与泥义近。……而《云谣集杂曲子》之《洞仙歌》："拟铺鸳被，把人尤泥，须索琵琶重理。"二字联用，直为恋昵义。此为唐时民间流行之曲子，尚用"尤泥"字。至宋词则竞用"尤㥾"矣。（张相《诗词曲语辞汇释》）

◎抱日依龙衮，非烟近御炉。（唐柳宗元《省试观庆云图诗》）

◎殿试遂为常制。帝（宋太祖）尝语近臣曰："昔者科名多为势家所取，朕亲临试，尽革其弊矣。"（开宝）八年，亲试进士王式等，乃定王嗣宗第一，王式第四。自是御试与省试名次始有升降之别。（《宋史·选举志》）

◎（宋）璟曰："天颜咫尺，亲奉德音，不烦宰臣，擅宣王命。"（《旧唐书·宋璟传》）

◎联翩曾数举，昨登高第名。（唐贾岛《送陈商》）

◎剩，甚辞，犹真也；尽也；颇也；多也。……剩与，即多与之义。（张相《诗词曲语辞汇释》）

◆隔句协，始于《诗》之"萧萧马鸣，悠悠旆旌"，萧、悠为韵。而古风之"思君令人老，岁月忽已晚。弃捐勿复道，努力加餐饭"，老、道继之。词则柳耆卿《倾杯乐》云"（略）"。又："知几度、密约秦楼尽醉。仍携手，眷恋香衾绣被。""度"、"手"亦隔协。方音"否"读如"釜"，宋词往往以"否"协"处"，此即其例。（清陈锐《裒碧斋词话》）

望海潮

东南形胜，三吴都会，钱塘自古繁华。
烟柳画桥，风帘翠幕，参差十万人家。
云树绕堤沙。
怒涛卷霜雪，天堑无涯。
市列珠玑，户盈罗绮竞豪奢。

重湖叠巘清嘉。

有三秋桂子，十里荷花。

羌管弄晴，菱歌泛夜，嬉嬉钓叟莲娃。

千骑拥高牙。

乘醉听箫鼓、吟赏烟霞。

异日图将好景，归去凤池夸。

◎其固塞险，形势便，山林川谷美，天材之利多，是形胜也。（《荀子·强国》）

◎淳熙十年八月十八日，上诣德寿宫，恭请两殿往浙江亭观潮。……太上皇喜见颜色，曰："钱塘形胜，东南所无。"（宋周密《武林旧事》卷七）

◎最爱湖东行不足，绿杨阴里白沙堤。（唐白居易《钱塘湖春行》）

◎浙江之潮，天下之伟观也，自既望以至十八日为最盛。方其远出海门，仅如银线，既而渐近，则玉城雪岭，际天而来，大声如雷霆，震撼激射，吞天沃日，势极雄豪。杨诚斋诗云"海阔银为郭，江横玉系腰"者是也。（宋周密《武林旧事》卷三）

◎绕郭荷花三十里，拂城松树一千株。（唐白居易《馀杭形胜》）

◎牙，大旗也。（《文选·潘岳〈关中诗〉》"高牙乃建"李周翰注）

◎（荀）勖久在中书，专管机事。及失之，甚惘惘怅怅。或有贺之者，勖曰："夺我凤皇池，诸君贺我邪！"（《晋书·荀勖传》）

◆柳耆卿与孙相何为布衣交。孙知杭州，门禁甚严。耆卿欲见之不得，作《望海潮》词，往谒名妓楚楚曰："欲见孙相，恨无门路。若因府会，愿借朱唇歌于孙相公之前。若问谁为此词，但说柳七。"中秋府会，楚楚宛转歌之，孙即日迎耆卿预坐。（宋陈元靓《岁时广记》引杨湜《古今词话》）

◆孙何帅钱塘，柳耆卿作《望海潮》词赠之云（词略）。此词流播，金主亮闻之，欣然有慕于三秋桂子、十里荷花，遂起投鞭渡江之志。近时谢处厚诗曰："谁把杭州曲子讴，荷花十里桂三秋。那知草木无情物，牵动长江万里愁。"余谓此词虽牵动长江之愁，然卒为金主送死之媒，未足恨也。至于荷艳桂香，妆点湖山之清丽，使士大夫流连于歌舞嬉游之乐，遂忘中原，是则深可恨耳。因和其诗云："杀胡快剑是清讴，牛渚依然一片秋。却恨荷花留玉辇，竟忘烟柳汴宫愁。"（宋罗大经《鹤林玉露》）

◆此则宜于红氍上扮演，非文人声口。此时凤池可望江潮。（王闿运《湘绮楼评词》）

如鱼水

轻霭浮空，乱峰倒影，潋滟十里银塘。
绕岸垂杨。
红楼朱阁相望。
芰荷香。
双双戏、鸂鶒鸳鸯。
乍雨过、兰芷汀洲，望中依约似潇湘。

风淡淡，水茫茫。
动一片晴光。
画舫相将。
盈盈红粉清商。
紫薇郎。
修禊饮、且乐仙乡。
更归去、遍历銮坡凤沼，此景也难忘。

◎相将，犹云相与或相共也。（张相《诗词曲语辞汇释》）
◎开元元年十二月，改尚书左右仆射为左右丞相，中书省为紫微省，门下省为黄门省……五年九月，紫微省依旧为中书省，黄门省为门下省。

（《旧唐书·职官志》）

◎三月三日，四民并出江渚池沼间，临清流，为流觞曲水之饮。（南朝梁宗懔《荆楚岁时记》）

◎俗称翰林学士为"坡"，盖唐德宗时尝移学士院于金銮坡上，故亦称銮坡。（宋叶梦得《石林燕语》卷五）

◆是调声拍繁促，夹叶处自然成韵。视梦窗之《夜合花》，梅溪之《玉簟凉》，更觉凄异。（郑文焯《乐章集校》）

如鱼水

帝里疏散，数载酒萦花系，九陌狂游。
良景对珍筵恼，佳人自有风流。
劝琼瓯。
绛唇启、歌发清幽。
被举措、艺足才高，在处别得艳姬留。

浮名利，拟拚休。
是非莫挂心头。
富贵岂由人？时会高志须酬。
莫闲愁。
共绿蚁、红粉相尤。
向绣幄，醉倚芳姿睡，算除此外何求？

◎疏散遂吾性，栖山更无机。（唐皎然《杂兴》其六）
◎恼，犹撩也。（张相《诗词曲语辞汇释》）
◎在处，犹云到处或随处。（张相《诗词曲语辞汇释》）
◎死生有命，富贵在天。（《论语·颜渊》）
◎相尤，犹云相娱或相恋也。（张相《诗词曲语辞汇释》）

玉蝴蝶

望处雨收云断，凭阑悄悄，目送秋光。
晚景萧疏，堪动宋玉悲凉。
水风轻、蘋花渐老，月露冷、梧叶飘黄。
遣情伤。
故人何在，烟水茫茫。

难忘。
文期酒会，几孤风月，屡变星霜。
海阔山遥，未知何处是潇湘。
念双燕、难凭远信，指暮天、空识归航。
黯相望。
断鸿声里，立尽斜阳。

◎悲哉秋之为气也，萧瑟兮草木摇落而变衰。憭栗兮若在远行，登山临水兮送将归。（《楚辞·宋玉〈九辩〉》）

◎朝来暮去星霜换，阴惨阳舒气序牵。（唐白居易《岁晚旅望》）

◎画楼相望久。阑外垂丝柳。音信不归来，社前双燕回。（唐温庭筠《菩萨蛮》）

◎天际识归舟，云中辨江树。（南朝齐谢朓《之宣城出新林浦向板桥》）

◎背枥嘶班马，分洲叫断鸿。（唐李峤《送光禄刘主簿之洛》）

◆梦窗词有是调，即次韵耆卿。（郑文焯《乐章集校》）

◆"水风"二句善状萧疏晚景，且引起下文离思。"情伤"以下至结句黯然魂消，可抵江淹《别赋》，令人增《蒹葭》怀友之思。（俞陛云《唐五代两宋词选释》）

◆耆卿善使直笔、劲笔，一起即见此种作法，且全篇一气贯注，梅溪"晚雨未催宫树"一首及梦窗和作,虽色泽较浓,实皆学柳,乔曾劬谓"足见南宋步柳之迹"是也。开口"望处"二字,直贯"立尽斜阳"、"雨收云断",是"目"之所以能"送"。"凭阑悄悄","目送"时神味,亦即"立尽"之根。"秋光"叫起下四句。"晚景"二句,以宋玉悲秋自比,仍是虚写。"水风"两对句,实写"秋光",略施色泽,而蘋老梧飘,俯仰所得,皆因"萧疏""晚景""遣"我"情伤"者。因此念及"故人","烟水茫茫",则秋水伊人之思,一笔拍到作意也。过变"难忘"二字陡接。"文期酒会"是"难忘"之事,"难忘"之人。"几孤风月",是胜会不常,"屡变星霜",是年华易逝:一意化两。"海阔天遥",则"故人"远隔。"潇湘""未知何处",则"目送"时心境,亦"烟水茫茫"之真诠。于是望音信而觉其"难凭",指"归航"而悟其"空识","故人何在"之感,写得无微不至。冯煦所谓"达难达之情",此也。"黯相望"综束上文。"断鸿声里"二句,收转到"凭阑悄悄"。"尽"字极辣,极厚,极朴,较少游"杜鹃声里斜阳暮",尤觉力透纸背。盖彼在前结,故蕴蓄;此在后结,故沉雄也。(陈匪石《宋词举》)

◆此首"望处"二字,统撮全篇。起言凭阑远望,"悄悄"二字,已含悲意。"晚景"二句,虚写晚景足悲。"水风"两对句,实写蘋老、梧黄之景。"遣情伤"三句,乃折到怀人之感。下片,极写心中之抑郁。"难忘"两句,回忆当年之乐。"几孤"句,言文酒之疏。"屡变"句,言经历之久。"海阔"两句,言隔离之远。"念双燕"两句,言思念之切。末句,与篇首相应。"立尽斜阳",伫立之久可知,羁愁之深可知。(唐圭璋《唐宋词简释》)

玉蝴蝶

渐觉芳郊明媚,夜来膏雨,一洒尘埃。
满目浅桃深杏,露染风裁。
银塘静、鱼鳞簟展,烟岫翠、龟甲屏开。

殷晴雷。

云中鼓吹，游遍蓬莱。

徘徊。

隼旟前后，三千珠履，十二金钗。

雅俗熙熙，下车成宴尽春台。

好雍容、东山妓女，堪笑傲、北海尊罍。

且追陪。

凤池归去，那更重来。

◎小国之仰大国也，如百谷之仰膏雨焉。（《左传》襄公十九年）

◎折花竞鲜彩，拭露染芳津。（南朝梁王筠《五日望采拾》）

◎不知细叶谁裁出，二月春风似剪刀。（唐贺知章《咏柳》）

◎上起神明台，上有金床象席，杂玉为龟甲屏风。（《初学记》卷二五引汉郭宪《洞冥记》）

◎殷其雷，在南山之阳。（《诗经·召南·殷其雷》，《毛传》："殷，雷声也。"）

◎司常掌九旗之物，名各有属，以待国事。日月为常，交龙为旂，通帛为旜，杂帛为物，熊虎为旗，鸟隼为旟，龟蛇为旐，全羽为旞，析羽为旌。（《周礼·春官·司常》）

◎赵平原君使人于春申君，春申君舍之于上舍。赵使欲夸楚，为瑇瑁簪，刀剑室以珠玉饰之，请命春申君客。春申君客三千馀人，其上客皆蹑珠履以见赵使，赵使大惭。（《史记·春申君列传》）

◎熙熙，和乐貌。（《汉书·礼乐志》颜师古注）

◎荒兮其未央，众人熙熙，如享太牢，如登春台。（《老子》）

◎（谢安）尝与孙绰等泛海，风起浪涌，诸人并惧，安吟啸自若。……众咸服其雅量。安虽放情丘壑，然每游赏，必以妓女从。（《晋书·谢安传》）

◎（孔融）性宽容少忌，好士，喜诱益后进。及退闲职，宾客日盈其门，常叹曰："坐上客恒满，尊中酒不空，吾无忧矣。"（《后汉书·孔融传》）

◆坡（苏轼）、谷（黄庭坚）同游凤池寺，坡公举对云："张丞相之佳篇，昔曾三到。"山谷答云："柳屯田之妙句，那更重来。"时称名对。张丞相诗云："八十老翁无品秩，昔曾三到凤池来。"坡公盖取此也。按：张丞相，即张士逊。（宋曾敏行《独醒杂志》）

玉蝴蝶

是处小街斜巷，烂游花馆，连醉瑶卮。
选得芳容端丽，冠绝吴姬。
绛唇轻、笑歌尽雅，莲步稳、举措皆奇。
出屏帏。
倚风情态，约素腰肢。

当时。
绮罗丛里，知名虽久，识面何迟。
见了千花万柳，比并不如伊。
未同欢、寸心暗许，欲话别、纤手重携。
结前期。
美人才子，合是相知。

◎赵光远，丞相隐弟子，幼而聪悟。咸通、乾符中，以为气焰温、李，因之以恃才不拘小节，常将领子弟，恣游狭斜。（五代王定保《唐摭言》卷一〇）

◎肩若削成，腰如约素。（三国魏曹植《洛神赋》）

玉蝴蝶

误入平康小巷，画檐深处，珠箔微褰。
罗绮丛中，偶认旧识婵娟。
翠眉开、娇横远岫，绿鬓軃、浓染春烟。
忆情牵。
粉墙曾恁，窥宋三年。

迁延。
珊瑚筵上，亲持犀管，旋叠香笺。
要索新词，殢人含笑立尊前。
按新声、珠喉渐稳，想旧意、波脸增妍。
苦留连。
凤衾鸳枕，忍负良天。

◎长安有平康坊，妓女所居之地。京都侠少，萃集于此，兼每年新进士，以红笺名纸游谒其中。时人谓此坊为风流薮泽。（五代王仁裕《开元天宝遗事》卷二）

◎武帝起神室，以白珠织为箔。（《汉武故事》）

◎文君姣好，眉色如望远山。（《西京杂记》卷二）

◎天下之佳人，莫若楚国，楚国之丽者，莫若臣里，臣里之美者，莫如臣东家之子。东家之子增之一分则太长，减之一分则太短，着粉则太白，施朱则太赤，眉如翠羽，肌如白雪，腰如束素，齿如含贝。然此女登墙窥臣三年，至今未许也。（战国宋玉《登徒子好色赋》）

◎有女独处，婉然在床，奇葩逸丽，淑质艳光，睹臣迁延，微笑而言。（汉司马相如《美人赋》）

◎欧阳询子通，书亚于父，号大小欧阳体。通自矜重，以狸毫为笔，覆以兔毫，管皆犀象，非是未尝书。（宋祝穆《事文类聚·别集》卷一四）

◎半露胸如雪，斜回脸似波。（唐白居易《吴宫词》）

玉蝴蝶

淡荡素商行暮，远空雨歇，平野烟收。
满目江山，堪助楚客冥搜。
素光动、云涛涨晚，紫翠冷、霜蟾横秋。
景清幽。
渚兰香榭，汀树红愁。

良俦。
西风吹帽，东篱携酒，共结欢游。
浅酌低吟，坐中俱是饮家流。
对残晖、登临休叹，赏令节、酩酊方酬。
且相留。眼前尤物，盏里忘忧。

◎秋曰白藏，亦曰收成，亦曰三秋、九秋、素秋、素商、高商。（唐徐坚《初学记》卷三引梁元帝《纂要》）

◎元和中，元、白变尚轻浅，（贾）岛独按格入僻，以矫浮艳。当冥搜之际，前有王公贵人，皆不觉，游心万仞，虑入无穷。（宋计有功《唐才子传》卷四）

◎明月出云崖，皦皦流素光。（西晋左思《杂诗》）

◎山水丹青杂，烟云紫翠浮。（唐陈子昂《江上暂别萧四刘三旋欣接遇》）

◎（孟嘉）后为征西桓温参军，温甚重之。九月九日，温燕龙山，寮佐毕集。时佐吏并着戎服，有风至，吹嘉帽堕落，嘉不之觉。温使左右勿言，欲观其举止。嘉良久如厕，温令取还之，命孙盛作文嘲嘉，着嘉坐处。嘉还见，即答之，其文甚美，四坐嗟叹。（《晋书·孟嘉传》）

◎采菊东篱下，悠然见南山。（晋陶潜《饮酒》其五）

◎汝南桓景随费长房游学累年，长房谓曰："九月九日汝家中当有灾，宜急去令家人作绛囊盛茱萸以系臂，登高饮菊花酒，此祸可除。"景如言，齐家登山，夕还，见鸡犬牛羊一时暴死。长房闻之，曰："此可代也。"（《续齐谐记》）

◎江涵秋影雁初飞，与客携壶上翠微。尘世难逢开口笑，菊花须插满头归。但将酩酊酬佳节，不用登临叹落晖。古往今来只如此，牛山何必独沾衣。（唐杜牧《九日齐山登高》）

满江红

暮雨初收，长川静、征帆夜落。
临岛屿、蓼烟疏淡，苇风萧索。
几许渔人飞短艇，尽载灯火归村落。
遣行客、当此念回程，伤漂泊。

桐江好，烟漠漠。
波似染，山如削。
绕严陵滩畔，鹭飞鱼跃。
游宦区区成底事？平生况有云泉约。
归去来、一曲仲宣吟，从军乐。

◎竿湿烟漠漠，江水风萧萧。（唐杜甫《桔柏渡》）

◎严光，字子陵，一名遵，会稽馀姚人也。少有高名，与光武同游学，及光武即位，乃变名姓隐身不见。帝思其贤，乃令以物色访之。……除为谏议大夫，不屈，乃耕于富春山。后人名其钓处为严陵濑焉。（《后汉书·严光传》）

◎鸢飞戾天，鱼跃于渊。（《诗经·大雅·旱麓》）

◎江南俗语，问何物曰"底物"，何事曰"底事"。唐以来已入诗词中。（清赵翼《陔馀丛考》卷四三）

◎与君志有云泉约，顾我身无羽翼飞。（宋赵抃《次韵蔡仲偃都官南归留别》）

◎归去来兮，田园将芜，胡不归。（晋陶渊明《归去来兮辞》）

◎从军有苦乐，但问所从谁。所从神且武，焉得久劳师。（汉王粲《从军》，王粲，字仲宣）

◆范文正公谪睦州，过严陵祠下。会吴俗岁祀，里巫迎神，但歌《满江红》，有"桐江好，烟漠漠，波似染，山如削。遶严陵滩畔，鹭飞鱼跃"之句。公曰："吾不善音律，撰一绝送神曰：'汉包六合网英豪，一个冥鸿惜羽毛。世祖功臣三十六，云台争似钓台高。'"吴俗至今歌之。（宋释文莹《湘山野录》卷中）

满江红

访雨寻云，无非是、奇容艳色。
就中有、天真妖丽，自然标格。
恶发姿颜欢喜面，细追想处皆堪惜。
自别后、幽怨与闲愁，成堆积。

鳞鸿阻，无信息。
梦魂断，难寻觅。
尽思量，休又怎生休得？
谁恁多情凭向道，纵来相见且相忆。
便不成、常遣似如今，轻抛掷。

◎恶发，犹云怒也。（宋陆游《老学庵笔记》卷八）

满江红

万恨千愁，将年少、衷肠牵系。
残梦断、酒醒孤馆，夜长无味。
可惜许枕前多少意，到如今两总无终始。
独自个、赢得不成眠，成憔悴。

添伤感，将何计？
空只恁，厌厌地。
无人处思量，几度垂泪。
不会得都来些子事，甚恁底抵死难拚弃。
待到头、终久问伊着，如何是。

◎拚，割舍之辞；亦甘愿之辞。……挤或拚，则宋词中最习见。（张相
《诗词曲语辞汇释》）

满江红

匹马驱驱，摇征辔、溪边谷畔。
望斜日西照，渐沉山半。
两两栖禽归去急，对人相并声相唤。
似笑我、独自向长途，离魂乱。

中心事，多伤感。
人是宿，前村馆。
想鸳衾今夜，共他谁暖？
惟有枕前相思泪，背灯弹了依前满。
怎忘得、香阁共伊时，嫌更短。

◎孔子行, 闻哭声甚悲, 孔子曰: "驱驱, 前有贤者。"(《韩诗外传》卷九)

◎是, 犹虽也。(张相《诗词曲语辞汇释》)

◎雾为襟袖玉为冠, 半似羞人半忍寒。别易会难长自叹, 转身应把泪珠弹。(唐韩偓《复偶见三绝》)

洞仙歌

乘兴, 闲泛兰舟, 渺渺烟波东去。
淑气散幽香, 满蕙兰汀渚。
绿芜平畹, 和风轻暖,
曲岸垂杨, 隐隐隔、桃花圃。
芳树外, 闪闪酒旗遥举。

羁旅。
渐入三吴风景, 水村渔市。
闲思更远神京, 抛掷幽会小欢何处。
不堪独倚危樯,
凝情西望日边, 繁华地、归程阻。
空自叹当时, 言约无据。
伤心最苦。
伫立对、碧云将暮。
关河远, 怎奈向、此时情绪?

◎蕙草饶淑气, 时鸟多好音。(西晋陆机《悲哉行》)

◎隐隐飞桥隔野烟, 石矶西畔问渔船。桃花尽日随流水, 洞在清溪何处边。(唐张旭《桃花溪》)

◎晋明帝数岁, 坐元帝膝上。有人从长安来, 元帝问洛下消息, 潸然流涕。明帝问何以致泣，具以东渡意告之。因问明帝："汝意谓长安何如日远？"答曰："日远，不闻人从日边来，居然可知。"元帝异之。明日，集群臣宴会，告以此意，更重问之。乃答曰："日近。"元帝失色，曰："尔何故异昨日之言邪？"答曰："举目见日，不见长安。"（《世说新语·夙惠》）

引驾行

红尘紫陌，斜阳暮草长安道，
是离人、断肠处，迢迢匹马西征。
新晴。
韶光明媚，轻烟淡薄和风暖，
望花村、路隐映，摇鞭时过长亭。
愁生。
伤凤城仙子，别来千里重行行。
又记得临歧，泪眼湿、莲脸盈盈。

消凝。
花朝月夕，最苦冷落银屏。
想媚容、耿耿无眠，屈指已算回程。
相萦。
空万般思忆，争如归去睹倾城。
向绣帏、深处并枕，说如此牵情。

◎紫陌红尘拂面来，无人不道看花回。（唐刘禹锡《元和十一年自朗州召至京戏赠看花诸君子》）
◎行行重行行，与君生别离。相去万馀里，各在天一涯。（《古诗十九首》）

望远行

长空降瑞,寒风剪,淅淅瑶花初下。
乱飘僧舍,密洒歌楼,迤逦渐迷鸳瓦。
好是渔人,
披得一蓑归去,江上晚来堪画。
满长安,高却旗亭酒价。

幽雅。
乘兴最宜访戴,泛小棹、越溪潇洒。
皓鹤夺鲜,白鹇失素,千里广铺寒野。
须信幽兰歌断,
彤云收尽,别有瑶台琼榭。
放一轮明月,交光清夜。

◎忽对林亭雪,瑶华处处开。(唐张九龄《立春日晨起对积雪》)

◎乱飘僧舍茶烟湿,密洒高楼酒力微。江上晚来堪画处,渔人披得一蓑归。(唐郑谷《雪中偶题》)

◎烟含紫禁花期近,雪满长安酒价高。(唐郑谷《辇下暮冬咏怀》)

◎王子猷居山阴,夜大雪……忽忆戴安道。时戴在剡,即便夜乘小船就之,经宿方至,造门不前而返。人问其故,王曰:"吾本乘兴而行,兴尽而返,何必见戴?"(南朝宋刘义庆《世说新语·任诞》)

◎皓鹤夺鲜,白鹇失素。纨袖惭冶,玉颜掩婧。(《文选·谢惠连〈雪赋〉》)

◎臣援琴而鼓之,为《幽兰》、《白雪》之曲。(战国宋玉《讽赋》)

◎《曹风》以麻衣比色,楚谣以《幽兰》俪曲。(南朝宋谢惠连《雪赋》)

◎北阙彤云掩曙霞,东风吹雪舞山家。(唐宋之问《奉和春日玩雪应

制》)

◎庭列瑶阶, 林挺琼树。(南朝宋谢惠连《雪赋》)

◆此词掩袭太多, "皓鹤"二语出惠连《雪赋》。(清许昂霄《词综偶评》)

◆郑谷诗: "江上晚来堪画处, 渔人披得一蓑归。"又: "长安酒价高。"越溪, 剡溪也, 戴安道所居。写雪, 通首清雅不俗。第以用前人意思多, 总觉少独得之妙句耳。(清黄苏《蓼园词选》)

八声甘州

对潇潇、暮雨洒江天, 一番洗清秋。
渐霜风凄紧, 关河冷落, 残照当楼。
是处红衰翠减, 苒苒物华休。
惟有长江水, 无语东流。

不忍登高临远, 望故乡渺邈, 归思难收。
叹年来踪迹, 何事苦淹留?
想佳人、妆楼颙望, 误几回、天际识归舟。
争知我、倚阑干处, 正恁凝愁。

◎风雨潇潇, 鸡鸣胶胶。(《诗经·郑风·风雨》)

◎霜风乱飘叶, 寒水细澄沙。(北周庾信《卫王赠桑落酒奉答》)

◎此荷此叶常相映, 翠减红衰愁杀人。(唐李商隐《赠荷花》)

◎时缤纷其变易兮, 又何可以淹留? (《楚辞·离骚》)

◎倚阑颙望, 暗牵愁绪, 柳花飞起东风。(唐温庭筠《凤楼春》)

◎天际识归舟, 云中辨江树。(南朝齐谢朓《之宣城出新林浦向板桥》)

◆东坡云: "世言柳耆卿词俗, 非也。如《八声甘州》云: '风霜凄紧,

关河冷落,残照当楼。'此语于诗句不减唐人。"(宋赵德麟《侯鲭录》)

◆东坡云:"人皆言柳耆卿词俗,如'霜风凄紧,关河冷落,残照当楼',唐人佳处不过如此。"按其全篇云(略)。盖《八声甘州》也。《草堂诗馀》不选此,而选其如"愿奶奶兰心蕙性"之鄙俗,及"以文会友"、"寡信轻诺"之酸文,不知何见也。(明杨慎《词品》)

◆彼此情形,不言可喻。(明卓人月《古今词统》)

◆词有与古诗同妙者,如……"关河冷落,残照当楼",即《敕勒之歌》也。(清刘体仁《七颂堂词绎》)

◆耆卿词以"关河冷落,残照当楼"与"杨柳岸、晓风残月"为佳,非是则淫以亵矣。此不可不辨。(清田同之《西圃词说》)

◆《八声甘州》之"渐霜风凄紧,关河冷落,残照当楼",乃不减唐人语。……昔东坡读孟郊诗作诗云:"寒灯照昏花,佳处时一遭。孤芳擢荒秽,苦语馀诗骚。"吾于屯田词亦云。(清邓廷桢《双砚斋词话》)

◆词韶丽处,不在涂脂抹粉也。……诵耆卿"渐风霜凄紧,关河冷落,残照当楼"句,自觉神魂欲断。盖皆在神不在迹也。(清沈祥龙《论词随笔》)

◆情景兼到,骨韵俱高,无起伏之情,有生动之趣,古今杰构,耆卿集中仅见之作。"佳人妆楼"四字连用,俗极。择言贵雅,何不检点如是,致令白璧微瑕。(清陈廷焯《大雅集》)

◆《八声甘州》"对潇潇暮雨洒江天"。飞卿词"照花前后镜,花面交相映。"此词境颇似之。(清梁启超《饮冰室评词》)

◆起二句有俊爽之致。"霜风"、"残照"三句,音节悲抗,如江天闻笛,古戍吹笳。东坡极称之,谓唐人佳处,不过如此。以其有提笔四顾之概,类太白之"牛渚望月",少陵之"夔府清秋"也。其下二句,顺笔写之,至结句江水东流,复能振起。后半首分三叠写法,先言己之欲归不得,何事淹留,次言闺人念远,误认归舟,与温飞卿之"过尽千帆皆不是,斜晖脉脉水悠悠",皆善写闺人心事。结句言知君忆我,我亦忆君。前半首之"霜风"、"残照",皆在凝眸怅望中也。(俞陛云《唐五代两宋词选释》)

◆句首或句中或句尾限用去上者。……句中之例，如屯田《八声甘州》之"暮雨"。(陈匪石《声执》)

◆此首亦柳词名著。一起写雨后之江天，澄澈如洗。"渐霜风"三句，更写风紧日斜之境，凄寂可伤。以东坡之鄙柳词，亦谓此三句"唐人佳处，不过如此"。"是处"四句，复叹眼前景物凋残。惟有江水东流，自起首至此，皆写景。换头，即景生情。"不忍"句与"望故乡"两句，自为呼应。"叹年来"两句，自问自叹，与"为问新愁，何事年年有"句，同为恨极之语。"想"字贯至收处，皆是从对面着想，与少陵之"香雾云鬟湿，清辉玉臂寒"作法相同。小谢诗云"天际识归舟"，屯田用其语，而加"误几回"三字，更觉灵动。收处归到"倚阑"，与篇首应。梁任公谓此首词境颇似"照花前后镜，花面交相映"，说亦至当。(唐圭璋《唐宋词简释》)

◆此为羁旅离别之词。盖旅人每遇节候迁移，景物变换，即动归思，而秋气萧索，尤易生人悲感。故《楚辞·九辩》独于秋生悲。此词上半阕因秋雨引起离愁。"霜风"三句，乃秋雨望中远景，写得壮阔，故东坡称之。"红衰翠减"，即"物华休"，乃秋雨望中近景。"长江"二句，见景物皆变，不变者惟有"长江"耳。下半阕即写引起之归思。"年来"二句，言客中情味索然，以见归之不可缓。"想佳人"以下，又从对面着想，写家人念游人，不知游人此时亦正思家人也。观"倚栏干处"句，知首句"对潇潇暮雨"以下所见远近景物，皆倚栏干时眼中之物象也。全首布置井井，正其巧于铺叙之处。(刘永济《唐五代两宋词简析》)

临江仙

梦觉小庭院，冷风淅淅，疏雨潇潇。
绮窗外，秋声败叶狂飘。
心摇。
奈寒漏永，孤帏悄，泪烛空烧。
无端处，是绣衾鸳枕，闲过清宵。

萧条。

牵情系恨,争向年少偏饶。

觉新来、憔悴旧日风标。

魂消。

念欢娱事,烟波阻、后约方遥。

还经岁,问怎生禁得,如许无聊?

◎蜡烛有心还惜别,替人垂泪到天明。(唐杜牧《赠别二首》)

◎(潘)岳美姿仪,辞藻绝丽,尤善为哀诔之文。少时常挟弹出洛阳道,妇人遇者,皆连手萦绕,投之以果,遂满车而归。(《晋书·潘岳传》)

竹马子

登孤垒荒凉,危亭旷望,静临烟渚。

对雌霓挂雨,雄风拂槛,微收烦暑。

渐觉一叶惊秋,残蝉噪晚,素商时序。

览景想前欢,指神京,非雾非烟深处。

向此成追感,新愁易积,故人难聚。

凭高尽日凝伫。

赢得消魂无语。

极目霁霭霏微,暝鸦零乱,萧索江城暮。

南楼画角,又送残阳去。

◎虹双出,色鲜盛者为雄,雄曰虹;闇者为雌,雌曰霓。虹是阴阳交会之气,纯阴纯阳则虹不见。若云薄漏日,日照雨滴,则虹生。(《尔雅》邢昺疏)

◎清清泠泠，愈病析酲，发明耳目，宁体便人。此所谓大王之雄风也。（战国宋玉《风赋》）

◎以小明大，见一叶落而知岁之将暮，睹瓶中之冰而知天下之寒。（汉刘安《淮南子·说山训》）

◎秋曰白藏，亦曰收成，亦曰三秋、九秋、素秋、素商、高商。（唐徐坚《初学记》卷三引梁元帝《纂要》）

◎若烟非烟，若云非云，郁郁纷纷，萧索轮囷，是谓卿云。卿云见，喜气也。（《史记·天官书》）

小镇西

意中有个人，芳颜二八。
天然俏、自来奸黠。
最奇绝。
是笑时、媚靥深深，百态千娇，
再三偎着，再三香滑。

久离缺。
夜来魂梦里，尤花殢雪。
分明似旧家时节。
正欢悦。
被邻鸡唤起，一场寂寥，
无眠向晓，空有半窗残月。

◎邻鸡声已传，愁人竟不眠。月光侵曙后，霜明落晓前。萦鬟起照镜，谁忍插花钿。（《玉台新咏·庾肩吾〈杂诗七首〉其七》）

◆毛大可称词本无韵，是也。偶检唐宋人词，如……柳永镇西用八（黠）、绝（屑）、月（月）。……凡此皆用当时乡谈里语，又何韵之有。

（清焦循《雕菰楼词话》）

小镇西犯

水乡初禁火，青春未老。
芳菲满、柳汀烟岛。
波际红帏缥缈。
尽杯盘小。
歌祓禊，声声谐楚调。

路缭绕。
野桥新市里，花秾妓好。
引游人、竞来喧笑。
酩酊谁家年少？
任玉山倒。
家何处？落日眠芳草。

◎去冬节一百五日即有疾风甚雨，谓之寒食，禁火三日。（南朝梁宗懔《荆楚岁时记》）

◎三月三日，四民并出江渚池沼间，临清流，为流觞曲水之饮。（南朝梁宗懔《荆楚岁时记》）

◎《论语》："暮春者，春服既成，冠者五六人，童子六七人，浴乎沂，风乎舞雩，咏而归。"自上及下，古有此礼。今三月上巳，祓禊于水滨，盖出于此。（《后汉书·礼仪志上》"是月上巳，官民皆絜于东流水上"南朝梁刘昭注引蔡邕曰）

◎嵇叔夜（康）之为人也，岩岩若孤松之独立；其醉也，傀俄若玉山之将崩。（南朝宋刘义庆《世说新语·容止》）

◎待春来携酒殢东风，眠芳草。（宋张昪《满江红》）

迷神引

一叶扁舟轻帆卷。
暂泊楚江南岸。
孤城暮角，引胡笳怨。
水茫茫，平沙雁、旋惊散。
烟敛寒林簇，画屏展。
天际遥山小，黛眉浅。

旧赏轻抛，到此成游宦。
觉客程劳，年光晚。
异乡风物，忍萧索、当愁眼？
帝城赊，秦楼阻，旅魂乱。
芳草连空阔，残照满。
佳人无消息，断云远。

◎蔡文姬善琴，能为《离鸾别鹤》之操。胡虏犯中原，为胡人所掠，入番为王后，王甚重之。武帝与邕有旧，敕大将军赎以归汉。胡人慕文姬，乃卷芦叶为吹笳，奏哀怨之音。后董生以琴写胡笳声为十八拍，今之《胡笳弄》是也。（宋郭茂倩《乐府诗集》卷五九《胡笳十八拍》题解引唐刘商《胡笳曲序》）

◎文君姣好，眉色如望远山。（《西京杂记》卷二）

促拍满路花

香靥融春雪，翠鬓舚秋烟。
楚腰纤细正笄年。
凤帏夜短，偏爱日高眠。

起来贪颠耍，只恁残却黛眉，不整花钿。

有时携手闲坐，偎倚绿窗前。
温柔情态尽人怜。
画堂春过，悄悄落花天。
最是娇痴处，尤殢檀郎，未教拆了秋千。

◎楚灵王好细腰，而国中多饿人。（《韩非子·二柄》）

◎（女子）十有五年而笄。（《礼记·内则》）

◎流水断桥芳草路，淡烟疏雨落花天。（唐牟融《陈使君山庄》）

六么令

淡烟残照，摇曳溪光碧。
溪边浅桃深杏，迤逦染春色。
昨夜扁舟泊处，枕席当滩碛。
波声渔笛。
惊回好梦，梦里欲归归不得。

展转翻成无寐，因此伤行役。
思念多媚多娇，咫尺千山隔。
都为深情密爱，不忍轻离拆。
好天良夕。
鸳帏寂寞，算得也应暗相忆。

◎及冬，江浅势若可涉，寻常之船，一经滩碛，尚累日不能进。（宋邵博《邵氏闻见后录》卷八）

剔银灯

何事春工用意？
绣画出、万红千翠。
艳杏夭桃，垂杨芳草，各斗雨膏烟腻。
如斯佳致。
早晚是、读书天气。

渐渐园林明媚。便好安排欢计。
论篮买花，盈车载酒，百琲千金邀妓。
何妨沉醉。
有人伴、日高春睡。

◎桃之夭夭，灼灼其华。（《诗经·周南·桃夭》）
◎小国之仰大国也，如百谷之仰膏雨焉。（《左传》襄公十九年）
◎早晚，犹云"那得"或"何曾"也，此殆从何日之义转变而来。（张相《诗词曲语辞汇释》）
◎（石崇）又屑沉水之香，如尘末，布象床上，使所爱者践之，无迹者赐以真珠百琲。有迹者节其饮食，令体轻弱。故闺中相戏曰：尔非细骨轻躯，那得百琲真珠。（晋王嘉《拾遗记》卷九）

红窗听

如削肌肤红玉莹。
举措有、许多端正。
二年三岁同鸳寝，表温柔心性。

别后无非良夜永。

如何向、名牵利役，归期未定。
算伊心里，却冤成薄倖。

◎赵后体轻腰弱，善行步进退。女弟昭仪不能及也。但昭仪弱骨丰肌，尤工笑语。二人并色如红玉，为当时第一，皆擅宠后宫。（《西京杂记》卷一）

临江仙

鸣珂碎撼都门晓，旌幢拥下天人。
马摇金辔破香尘。
壶浆迎路，欢动帝城春。

扬州曾是追游地，酒台花径犹存。
凤箫依旧月中闻。
荆王魂梦，应认岭头云。

◎节度使……入境，州县筑节楼，迎以鼓角，衙仗居前，旌幢居中，大将鸣珂金钲鼓角居后。（《新唐书·百官志》）

◎箪食壶浆，以迎王师。（《孟子·梁惠王下》）

◎昔者楚襄王与宋玉游于云梦之台，望高唐之观，其上独有云气，崪兮直上，忽兮改容，须臾之间，变化无穷。王问玉曰："此何气也？"玉对曰："所谓朝云者也。"王曰："何谓朝云？"玉曰："昔者先王尝游高唐，怠而昼寝，梦见一妇人曰：'妾，巫山之女也。为高唐之客。闻君游高唐，愿荐枕席。'王因幸之。去而辞曰：'妾在巫山之阳，高丘之阻，旦为朝云，暮为行雨，朝朝暮暮，阳台之下。'旦朝视之，如言。故为立庙，号曰朝云。"（战国宋玉《高唐赋序》）

◎（陶弘景）谢职隐茅山。……齐高祖问之曰："山中何所有？"弘

景赋诗以答之,词曰:"山中何所有,岭上多白云。只可自怡悦,不堪持寄君。"高祖赏之。(《太平广记》卷二〇二)

凤归云

向深秋,雨馀爽气肃西郊。
陌上夜阑,襟袖起凉飙。
天末残星,流电未灭,闪闪隔林梢。
又是晓鸡声断,阳乌光动,渐分山路迢迢。

驱驱行役,苒苒光阴,蝇头利禄,蜗角功名,
毕竟成何事,漫相高。
抛掷云泉,狎玩尘土,壮节等闲消。
幸有五湖烟浪,一船风月,会须归去老渔樵。

◎如此富贵多般,早是累生修种,何得于此终日驱驱,求甚事意?(《敦煌变文集·妙法莲华经讲经文》)

◎有国于蜗之左角者曰触氏,有国于蜗之右角者曰蛮氏,时相与争地而战,伏尸数万,逐北旬有五日而后反。(《庄子·则阳》)

◎毕竟,究竟也。(张相《诗词曲语辞汇释》)

◆残星之光,亦隔林闪闪不止,流电写景逼真。(夏敬观《映庵词评》)

女冠子

淡烟飘薄。
莺花谢、清和院落。
树阴翠、密叶成幄。

麦秋霁景，夏云忽变奇峰、倚寥廓。
波暖银塘，涨新萍绿鱼跃。
想端忧多暇，陈王是日，嫩苔生阁。

正铄石天高，流金昼永，
楚榭光风转蕙，披襟处、波翻翠幕。
以文会友，沉李浮瓜忍轻诺？
别馆清闲，避炎蒸、岂须河朔。
但尊前随分，雅歌艳舞，尽成欢乐。

◎秋者，百谷成熟之期。此于时虽夏，于麦则秋，故云麦秋也。（元陈澔《礼记集说》）

◎春水满四泽，夏云多奇峰。（晋陶渊明《四时》）

◎陈王初丧应、刘，端忧多暇，绿苔生阁，芳尘凝榭。（《文选·谢庄〈月赋〉》，李周翰注："应、刘并魏才子，言二子初丧亡，植惜其才，端然忧愁，以多闲暇，此皆假设以为辞。"）

◎十日代出，流金铄石些。（《楚辞·招魂》）

◎光风转蕙，泛崇兰些。（《楚辞·招魂》）

◎君子以文会友，以友辅仁。（《论语·颜渊》）

◎浮甘瓜于清泉，沉朱李于寒水。（三国魏曹丕《与朝歌令吴质书》）

◎大驾都许，使光禄大夫刘松北镇袁绍军，与绍子弟日共宴饮，常以三伏之际，昼夜酣饮，极醉，至于无知，云以避一时之暑。故河朔有避暑饮。（唐徐坚《初学记》卷三引三国魏曹丕《典论》）

玉山枕

骤雨新霁。荡原野、清如洗。
断霞散彩，残阳倒影，天外云峰，数朵相倚。

露荷烟芰满池塘，见次第、几番红翠。
当是时、河朔飞觞，避炎蒸，想风流堪继。

晚来高树清风起。
动帘幕、生秋气。
画楼昼寂，兰堂夜静，舞艳歌姝，渐任罗绮。
讼闲时泰足风情，便争奈、雅欢都废。
省教成、几阕清歌，尽新声，好尊前重理。

◎次第，多数之辞。白居易《花下对酒》诗："梅樱与桃杏，次第城上发。"言一一发也。（张相《诗词曲语辞汇释》）

◎省，犹曾也。（张相《诗词曲语辞汇释》）

减字木兰花

花心柳眼。
郎似游丝常惹绊。
独为谁怜？
绣线金针不喜穿。

深房密宴。
争向好天多聚散。
绿锁窗前。
几日春愁废管弦。

◎何处生春早？春生柳眼中。（唐元稹《生春》）

木兰花令

有个人人真堪羡。
问着佯羞回却面。
你若无意向他人,为甚梦中频相见?

不如闻早还却愿。
免使牵人虚魂乱。
风流肠肚不坚牢,只恐被伊牵惹断。

◎闻,犹趁也;乘也。……闻早犹云趁早或赶早也。(张相《诗词曲语辞汇释》)

甘州令

冻云深,淑气浅,寒欺绿野。
轻雪伴、早梅飘谢。
艳阳天,正明媚,却成潇洒。
玉人歌,画楼酒,对此景、骤增高价。

卖花巷陌,放灯台榭。
好时节、怎生轻舍?
赖和风,荡霁霭,廓清良夜。
玉尘铺,桂华满,素光里、更堪游冶。

◎冻云愁暮色,寒日淡斜晖。(唐方干《冬日》)
◎东风扇淑气,水木荣春晖。(李白《春日独酌二首》)
◎烟含紫禁花期近,雪满长安酒价高。(唐郑谷《辇下暮冬咏怀》)

◎是月季春, 万花烂漫, 牡丹、芍药、棣棠、木香, 种种上市。卖花者以马头竹篮铺排, 歌叫之声, 清奇可听, 晴帘静院, 晓幕高楼, 宿酒未醒, 好梦初觉, 闻之莫不新愁易感, 幽恨悬生, 最一时之佳况。(宋孟元老《东京梦华录》卷七)

◎漠漠复雰雰, 东风散玉尘。(唐白居易《酬皇甫十早春对雪见赠》)

西　施

苎罗妖艳世难偕。

善媚悦君怀。

后庭恃宠, 尽使绝嫌猜。

正恁朝欢暮宴, 情未足, 早江上兵来。

捧心调态军前死, 罗绮旋变尘埃。

至今想, 怨魂无主尚徘徊。

夜夜姑苏城外, 当时月, 但空照荒台。

◎乃使相者国中得苎萝山鬻薪之女, 曰西施、郑旦, 饰以罗縠, 教以容步, 习于土城, 临于都巷, 三年学服, 而献于吴。乃使相国范蠡进曰: "越王句践, 窃有二遗女, 越国洿下困迫, 不敢稽留, 谨使臣蠡献之。大王不以鄙陋寝容, 愿纳以供箕箒之用。"吴王大悦, 曰: "越贡二女, 乃句践之尽忠于吴之证也。"……遂受其女。越王曰: "善哉。"(汉赵晔《吴越春秋》卷九)

◎故西施病心而矉其里, 其里之丑人见而美之, 归亦捧心而矉其里。(《庄子·天运》)

◎姑苏台上乌栖时, 吴王宫里醉西施。(唐李白《乌栖曲》)

◆此词咏调名本意, 即演西施故事。下阕言越兵攻吴, 西施死于"军前"，至今"怨魂无主"，似出于西施故事之又一传说。

西　施

柳街灯市好花多。
尽让美琼娥。
万娇千媚，的的在层波。
取次梳妆，自有天然态，爱浅画双蛾。

断肠最是金闺客，空怜爱、奈伊何？
洞房咫尺，无计枉朝珂。
有意怜才，每遇行云处，幸时恁相过。

◎的的明月水，啾啾寒夜猿。（唐陈子昂《宿空舲峡青树村浦》）
◎却嫌脂粉浣颜色，淡扫蛾眉朝至尊。（唐杜甫《虢国夫人》）
◎岂能抛断梦，听鼓事朝珂。（唐李商隐《镜槛》）

西　施

自从回步百花桥。
便独处清宵。
凤衾鸳枕，何事等闲抛？
纵有馀香，也似郎恩爱，向日夜潜消。

恐伊不信芳容改，将憔悴、写霜绡。
更凭锦字，字字说情懆。
要识愁肠，但看丁香树，渐结尽春梢。

◎元和初，有元彻、柳实者居于衡山，二公俱有从父为官浙右，李庶人连累，各窜于驩、爱州，二公共结行李而往省焉。……夜将午，俄飓风欻起，断缆漂舟，入于大海，莫知所适。二人飘至孤岛，访仙境，请南溟夫人助归。夫人命侍女紫衣凤冠者曰："可送客去，而所乘者何？"侍女曰："有百花桥可驭二子。"二子感谢拜别。夫人赠以玉壶一枚，高尺馀。夫人命笔题玉壶诗赠曰："来从一叶舟中来，去向百花桥上去。若到人间扣玉壶，鸳鸯目解分明语。"俄有桥长数百步，栏槛之上，皆有异花，二子于花间潜窥，见千龙万蛇遽相交绕为桥之柱。（《太平广记》卷二五引唐沈汾《续仙传》）

◎窦滔妻苏氏，始平人也，名蕙，字若兰。善属文。滔，苻坚时为秦州刺史，被徙流沙，苏氏思之，织锦为回文，旋图诗以赠滔。宛转循环以读之，词甚凄惋，凡八百四十字。（《晋书·列女传·窦滔妻苏氏》）

◎芭蕉不展丁香结，同向春风各自愁。（唐李商隐《代赠二首》）

河　传

翠深红浅。
愁蛾黛蹙，娇波刀剪。
奇容妙妓，争逞舞裀歌扇。
妆光生粉面。

坐中醉客风流惯。
尊前见。
特地惊狂眼。
不似少年时节，千金争选。
相逢何太晚。

河 传

淮岸。

向晚。

圆荷向背，芙蓉深浅。

仙娥画舸，露渍红芳交乱。

难分花与面。

采多渐觉轻船满。

呼归伴。

急桨烟村远。

隐隐棹歌，渐被蒹葭遮断。

曲终人不见。

◎莲花乱脸色，荷叶杂衣香。（南朝梁元帝《采莲曲》）

◎花面交相映。（唐温庭筠《菩萨蛮》）

◎曲终人不见，江上数峰青。（唐钱起《省试湘灵鼓瑟》）

郭郎儿近

帝里。

闲居小曲深坊，庭院沉沉朱户闭。

新霁。

畏景天气。

薰风帘幕无人，永昼厌厌如度岁。

愁悴。

枕簟微凉，睡久辗转慵起。

砚席尘生, 新诗小阕, 等闲都尽废。

这些儿、寂寞情怀, 何事新来常恁地。

◎于时云海沉沉, 洞天日晚, 琼户重阖, 悄然无声。(唐陈鸿《长恨歌传》)

◎紫薇朱槿繁开后。枕簟微凉生玉漏。(宋晏殊《玉楼春》)

◎等闲, 犹云平常也; 随便也; 无端也。(张相《诗词曲语辞汇释》)

◆唐王言史诗"曲池并畏景"可证, 非误字。万氏疏漏之甚。万氏以"畏景"决是误字, 不知此用"夏日可畏"。云"畏景"即"畏日", 梦窗词有之。又本集《过涧歇》亦有"避畏景, 两两舟人夜语", 可知柳词恒见, 原于《文选》。耆卿取字, 不仅在温、李诗中, 盖熟于六朝文, 故语多艳冶, 无一字无来处。(郑文焯《乐章集校》)

透碧霄

月华边。
万年芳树起祥烟。
帝居壮丽, 皇家熙盛, 宝运当千。
端门清昼, 觚棱照日, 双阙中天。
太平时、朝野多欢。
遍锦街香陌, 钧天歌吹, 阆苑神仙。

昔观光得意, 狂游风景, 再睹更精妍。
傍柳阴, 寻花径, 空恁弹筝垂鞭。
乐游雅戏, 平康艳质, 应也依然。
仗何人、多谢婵娟。
道宦途踪迹, 歌酒情怀, 不似当年。

◎于穆献后,奕代熙盛。(晋潘岳《南阳长公主诔》)

◎觚棱,阙角也。(《文选·班固〈西都赋〉》"上觚棱而栖金爵"吕向注)

◎《列子》曰:周穆王筑台,号曰中天之台。(《文选·班固〈西都赋〉》"树中天之华阙"李善注)

◎钧天九奏,既其上帝。(南朝梁刘勰《文心雕龙·乐府》)

◎长安有平康坊,妓女所居之地。京都侠少,萃集于此,兼每年新进士,以红笺名纸游谒其中。时人谓此坊为风流薮泽。(五代王仁裕《开元天宝遗事》卷二)

木兰花慢

倚危楼伫立,乍萧索、晚晴初。

渐素景衰残,风砧韵冷,霜树红疏。

云衢。

见新雁过,奈佳人自别阻音书。

空遣悲秋念远,寸肠万恨萦纡。

皇都。

暗想欢游,成往事、动欷歔。

念对酒当歌,低帏并枕,翻恁轻孤。

归途。

纵凝望处,但斜阳暮霭满平芜。

赢得无言悄悄,凭阑尽日踟蹰。

◎对酒当歌,人生几何。(汉曹操《短歌行》)

◆小令、中调有排荡之势者,吴彦高之"南朝千古伤心事"、范希文之"塞下秋来风景异"是也。长调极狎昵之情者,周美成之"衣染莺黄"、

柳耆卿之"晚晴初"是也。于此足悟偷声变律之妙。(清沈谦《填词杂
说》)

木兰花慢

拆桐花烂漫，乍疏雨、洗清明。
正艳杏烧林，缃桃绣野，芳景如屏。
倾城。
尽寻胜去，骤雕鞍绀幰出郊坰。
风暖繁弦脆管，万家竞奏新声。

盈盈。
斗草踏青。人艳冶、递逢迎。
向路旁往往，遗簪堕珥，珠翠纵横。
欢情。
对佳丽地，信金罍罄竭玉山倾。
拚却明朝永日，画堂一枕春醒。

◎五月五日，四民并踏百草，又有斗百草之戏，采艾以为人，悬门户上
以禳毒气。(南朝梁宗懔《荆楚岁时记》)

◎若乃州闾之会，男女杂坐，行酒稽留，六博投壶，相引为曹，握手
无罚，目眙不禁，前有堕珥，后有遗簪，髡窃乐此，饮可八斗而醉二参。
(《史记·滑稽列传》)

◎江南佳丽地，金陵帝王州。(南朝齐谢朓《入朝曲》)

◎我姑酌彼金罍，维以不永怀。(《诗经·周南·卷耳》，朱熹《诗集
传》："罍，酒器。刻为云雷之象，以黄金饰之。")

◆朱新仲少仕江宁，在王彦昭幕中，有代彦昭春日留客致语云："寒
食只数日间，才晴又雨，牡丹盖十数种，欲坼又芳。"皆《鲁公帖》与《牡

丹谱》中全语也。彦昭好令人歌柳三变乐府新声，又尝作乐语曰："正好欢娱，歌叶树数声啼鸟，不妨沉醉，拚画堂一枕春醒。"又皆柳词中语（宋王明清《挥麈后录》）

◆近时词人，多不详看古曲下句命意处，但随俗念过便了。如柳词《木兰花慢》云："拆桐花烂漫。"此正是第一句，不用空头字在上，故用拆字，言开了桐花烂漫也。有人不晓此意，乃云：此花名为拆桐，于词中云开到拆桐花，开了又拆，此何意也？（宋沈义父《乐府指迷》）

◆《木兰花慢》，柳耆卿清明词，得音调之正。盖"倾城"、"盈盈"、"欢情"，于第二字中有韵。近见吴彦高中秋词，亦不失此体，馀人皆不能。然元遗山集中凡九首，内五首两处用韵，亦未为全知者。（吴师道《吴礼部诗话》）

◆此词反映汴京清明节日，男女游乐之事也。首二韵写春初景物鲜丽。次写郊游车马、音乐之盛况。下半阕写妇女嬉游之事。"遗簪堕珥"，见其服饰之侈靡；"金罍"、"玉山"，写其酒食之酣畅。"拚却"两句，言不管明日酒困倦卧，且图今日尽情狂乐也。《东京梦华录》记："清明节……四野如市，往往就芳树之下或园圃之间，罗列杯盘，互相劝酬，都城之歌儿舞女，遍满园亭，抵暮而归。"可证此词皆为实写。又可知北宋之初，上下晏安景象，固由生产发达、商业繁盛所致，而富家豪室如此奢侈淫靡，亦足以召乱致亡。后来辽、金入侵，未必不与此有关也。（刘永济《唐五代两宋词简释》）

木兰花慢

古繁华茂苑，是当日、帝王州。
咏人物鲜明，土风细腻，曾美诗流。
寻幽。
近香径处，聚莲娃钓叟簇汀洲。
晴景吴波练静，万家绿水朱楼。

凝旒。

乃眷东南，思共理、命贤侯。

继梦得文章，乐天惠爱，布政优优。

鳌头。

况虚位久，遇名都胜景阻淹留。

赢得兰堂酝酒，画船携妓欢游。

◎带朝夕之濬池，佩长洲之茂苑。（晋左思《吴都赋》）

◎江南佳丽地，金陵帝王州。（南朝齐谢朓《入朝曲》）

◎乃眷西顾，此维与宅。（《诗经·大雅·皇矣》）

◎海内姑苏太守贤，恩加章绶岂徒然。贺宾喜色欺杯酒，醉妓欢声遏管弦。鱼佩茸鳞光照地，鹘衔瑞带势冲天。莫嫌鬓上些些白，金紫由来称长年。（唐白居易《喜刘苏州恩赐金紫遥想贺宴以诗庆之》）

◎久学文章含白凤，却因政事赐金鱼。郡人未识闻谣咏，天子知名与诏书。珍重贺诗呈锦绣，愿言归计并园庐。旧来词客多无位，金紫同游谁得如。（唐刘禹锡《答诗酬乐天见贻贺金紫之什》）

◎不竞不絿，不刚不柔，敷政优优，百禄是遒。（《诗经·商颂·长发》，《毛传》：“优优，和也。”）

◎木兰堂之名亦久矣。皮陆唱和诗有《木兰后池》，即此也。池中有老桧，婆娑尚存。父老云白公手植，已二百馀载矣。（宋朱长文《吴郡图经续记》卷上）

临江仙引

渡口、向晚，乘瘦马、陟平冈。

西郊又送秋光。

对暮山横翠，衬残叶飘黄。

凭高念远，素景楚天，无处不凄凉。

香闺别来无信息, 云愁雨恨难忘。
指帝城归路, 但烟水茫茫。
凝情望断泪眼, 尽日独立斜阳。

◎陟彼高冈, 我马玄黄。(《诗经·周南·卷耳》)
◎暮从碧山下, 山月随人归。却顾所来径, 苍苍横翠微。(唐李白《下终南山过斛斯山人宿置酒》)

临江仙引

上国。
去客。
停飞盖、促离筵。
长安古道绵绵。
见岸花啼露, 对堤柳愁烟。
物情人意, 向此触目, 无处不凄然。

醉拥征骖犹伫立, 盈盈泪眼相看。
况绣帏人静, 更山馆春寒。
今宵怎向漏永, 顿成两处孤眠。

◎清夜游西园, 飞盖相追随。(三国魏曹植《公宴》)
◎残花啼露莫留春, 尖发谁非怨别人。(唐李商隐《残花》)

临江仙引

画舸、荡桨, 随浪箭、隔岸虹。
□荷占断秋容。

疑水仙游泳，向别浦相逢。

鲛丝吐雾渐收，细腰无力转娇慵。

罗袜凌波成旧恨，有谁更赋惊鸿？

想媚魂香信，算密锁瑶宫。

游人漫劳倦□，奈何不逐东风。

◎黄初三年，余朝京师，还济洛川。古人有言，斯水之神名曰宓妃。感宋玉对楚王神女之事，遂作斯赋。赋有云："其形也，翩若惊鸿，婉若游龙，荣曜秋菊，华茂春松。髣髴兮若轻云之蔽月，飘飘兮若流风之回雪。远而望之，皓若太阳升朝霞；迫而察之，灼若芙蕖出渌波。……体迅飞凫，飘忽若神。凌波微步，罗袜生尘。动无常则，若危若安；进止难期，若往若还。"（三国魏曹植《洛神赋序》）

◎南海出鲛绡纱，泉先潜织，一名龙纱。其价百馀金，以为服，入水不濡。（南朝梁任昉《述异记》卷上）

瑞鹧鸪

宝髻瑶簪。

严妆巧，天然绿媚红深。

绮罗丛里，独逞讴吟。

一曲《阳春》定价，何啻值千金？

倾听处，王孙帝子，鹤盖成阴。

凝态掩霞襟。

动象板声声，怨思难任。

嘹亮处，迥压弦管低沉。

时恁回眸敛黛，空役五陵心。

须信道，缘情寄意，别有知音。

◎鸡人始唱，鹤盖成阴。（《文选·刘孝标〈广绝交论〉》）

瑞鹧鸪

吴会风流。
人烟好，高下水际山头。
瑶台绛阙，依约蓬丘。
万井千闾富庶，雄压十三州。
触处青蛾画舸，红粉朱楼。

方面委元侯。
致讼简时丰，继日欢游。
襦温袴暖，已扇民讴。
旦暮锋车命驾，重整济川舟。
当恁时，沙堤路稳，归去难留。

◎蓬丘，蓬莱山是也。（《海内十洲记·聚窟洲》）

◎受任方面，以立微功。（《后汉书·冯异传》，李贤注："谓西方一面专以委之。"）

◎廉范字叔度，京兆杜陵人，赵将廉颇之后也。……建初中，迁蜀郡太守，其俗尚文辩，好相持短长，范每厉以淳厚，不受偷薄之说。成都民物丰盛，邑宇逼侧，旧制禁民夜作，以防火灾，而更相隐蔽，烧者日属。范乃毁削先令，但严使储水而已。百姓为便，乃歌之曰："廉叔度，来何暮？不禁火，民安作。平生无襦今五绔。"（《后汉书·廉范传》）

◎追锋车，去小平盖，加通幰，如轺车，驾二。追锋之名，盖取其迅速也。施于戎阵之间，是为传乘。（《晋书·舆服志》）

◎爱立作相，王置诸其左右。命之曰："朝夕纳海，以辅台德。若金，用汝作砺；若济巨川，用汝作舟楫；若岁大旱，用汝作霖雨。"（《尚书·说命上》）

◎凡拜相，礼绝班行，府县载沙填路，自私第至子城东街，名曰沙堤。（唐李肇《唐国史补》卷下）

忆帝京

薄衾小枕凉天气。
乍觉别离滋味。
展转数寒更，起了还重睡。
毕竟不成眠，一夜长如岁。

也拟待、却回征辔。
又争奈、已成行计。
万种思量，多方开解，只恁寂寞厌厌地。
系我一生心，负你千行泪。

◎毕竟，究竟也。（张相《诗词曲语辞汇释》）

◆孟郊《悼幼子》："负我十年恩，欠尔千行泪。"又柳永《忆帝京》："系我一生心，负你千行泪。"词章中言涕泪有逋债，如《红楼梦》第一回、第五回等所谓"还泪"、"欠泪的"，似始见此。（钱锺书《管锥编》）

塞　孤

一声鸡，又报残更歇。
秣马巾车催发。
草草主人灯下别。

山路险，新霜滑。
瑶珂响、起栖乌，金镫冷、敲残月。
渐西风紧，襟袖凄裂。

遥指白玉京，望断黄金阙。
远道何时行彻？
算得佳人凝恨切。
应念念，归时节。
相见了、执柔荑，幽会处、偎香雪。
免鸳衾、两恁虚设。

◎或命巾车，或棹孤舟。(晋陶潜《归去来辞》)

◎早起赴前程，邻鸡尚未鸣。主人灯下别，羸马暗中行。踏石新霜滑，穿林宿鸟惊。远山钟动后，曙色渐分明。(唐贾岛《早行》)

◎天上白玉京，十二楼五城。(唐李白《经乱离后天恩流夜郎忆旧游书怀赠江夏韦太守良宰》，清王琦注引《五星经》："天上白玉京、黄金阙。")

◎手如柔荑，肤如凝脂。(《诗经·卫风·硕人》，朱熹《诗集传》："茅之始生曰荑，言柔而白也。")

瑞鹧鸪

天将奇艳与寒梅。
乍惊繁杏腊前开。
暗想花神、巧作江南信，
鲜染燕脂细剪裁。

寿阳妆罢无端饮，凌晨酒入香腮。

恨听烟坞深中, 谁恁吹羌管、逐风来?

绛雪纷纷落翠苔。

◎谁教强半腊前开, 多情为春忆。(宋张先《好事近·和毅夫内翰梅花》)

◎宋武帝女寿阳公主, 人日卧于含章殿檐下, 梅花落公主额上, 成五出花, 拂之不去。皇后留之, 看得几时。经三日, 洗之乃落。宫女奇其异, 竞效之, 今梅花妆是也。(宋李昉《太平御览》卷三〇)

◎《梅花落》, 本笛中曲也。按唐大角曲亦有《大单于》、《小单于》、《大梅花》、《小梅花》等曲。今其声犹有存者。(《乐府诗集》卷二四)

瑞鹧鸪

全吴嘉会古风流。

渭南往岁忆来游。

西子方来、越相功成去, 千里沧江一叶舟。

至今无限盈盈者, 尽来拾翠芳洲。

最是簇簇寒竹, 遥认南朝画、晚烟收。

三两人家古渡头。

◎乃使相者国中得苎萝山鬻薪之女, 曰西施、郑旦, 饰以罗縠, 教以容步, 习于土城, 临于都巷, 三年学服, 而献于吴。乃使相国范蠡进曰: "越王句践, 窃有二遗女, 越国洿下困迫, 不敢稽留, 谨使臣蠡献之。大王不以鄙陋寝容, 愿纳以供箕帚之用。"吴王大悦, 曰: "越贡二女, 乃句践之尽忠于吴之证也。"……遂受其女。越王曰: "善哉。"(汉赵晔《吴越春秋》卷九)

◎或采明珠, 或拾翠羽。(三国魏曹植《洛神赋》)

洞仙歌

嘉景，况少年彼此，争不雨沾云惹？
奈傅粉英俊，梦兰品雅。
金丝帐暖银屏亚。
并粲枕、轻偎轻倚，绿娇红姹。
算一笑，百琲明珠非价。

闲暇。
每只向、洞房深处，痛怜极宠，
似觉些子轻孤，早恁背人沾洒。
从来娇纵多猜讶。
更对剪香云，须要深心同写。
爱揾了双眉，索人重画。
忍孤艳冶。
断不等闲轻舍。
鸳衾下。愿常恁、好天良夜。

◎何平叔（晏）美姿仪，面至白，魏明帝疑其傅粉。正夏月，与热汤饼。既啖，大汗出，以朱衣自拭，色转皎然。（南朝宋刘义庆《世说新语·容止》）

◎郑文公有贱妾燕姞，梦天使与己兰，曰："余为伯鯈。余，而祖也。以是为而子，以兰有国香，人服媚之如是。"既而文公见之，与之兰而御之，辞曰："妾不才，幸而有子，将不信，敢征兰乎？"公曰："诺。"生穆公，名之曰兰。（《左传》宣公三年）

◎角枕粲兮，锦衾烂兮。（《诗经·唐风·葛生》）

◎（石崇）又屑沉水之香，如尘末，布象床上，使所爱者践之，无迹者赐以真珠百琲。有迹者节其饮食，令体轻弱。故闺中相戏曰：尔非细骨轻

躯, 那得百琲真珠。(晋王嘉《拾遗记》卷九)

◎(张)敞无威仪, 时罢朝会, 过走马章台街, 使御史驱, 自以便面拊马。又为妇画眉, 长安中传张京兆眉怃。(《汉书·张敞传》)

安公子

远岸收残雨。
雨残稍觉江天暮。
拾翠汀洲人寂静, 立双双鸥鹭。
望几点、渔灯隐映蒹葭浦。
停画桡、两两舟人语。
道去程今夜, 遥指前村烟树。

游宦成羁旅。
短樯吟倚闲凝伫。
万水千山迷远近, 想乡关何处?
自别后、风亭月榭孤欢聚。
刚断肠、惹得离情苦。
听杜宇声声, 劝人不如归去。

◎或采明珠, 或拾翠羽。(三国魏曹植《洛神赋》)

◎望帝者, 杜宇也。……望帝死, 其魂化为鸟, 名曰杜鹃, 亦曰子规。(明陈耀文《天中记》卷五十九)

◎蜀望帝淫其臣鳖灵之妻, 乃禅位而逃, 时此鸟适鸣, 故蜀人以杜鹃鸣为悲望帝, 其鸣为"不如归去"云。(《蜀王本纪》)

◆柳(永)词胜处, 在气骨, 不在字面。其写景处, 远胜其抒情处。而章法大开大阖。为后起清真、梦窗诸家所取法, 信为创调名家。如……《安公子》(远岸收残雨)……诸阕, 写羁旅行役中秋景, 均穷极工巧。

（清蔡嵩云《柯亭词论》）

◆《安公子》"远岸收残雨"，后阕音节态度，绝类《拜新月慢》，清真"夜色催更"一阕，全从此脱化出来，特较更跌宕耳。（清周济《宋四家词选》）

安公子

梦觉清宵半。
悄然屈指听银箭。
惟有床前残泪烛，啼红相伴。
暗惹起、云愁雨恨情何限。
从卧来、展转千馀遍。
任数重鸳被，怎向孤眠不暖。

堪恨还堪叹。
当初不合轻分散。
及至厌厌独自个，却眼穿肠断。
似恁地、深情密意如何拚？
虽后约、的有于飞愿。
奈片时难过，怎得如今便见？

◎向，语助词，专用于"怎奈"、"如何"一类之语，加强其语气而为其语尾。有曰"争向"者。白居易《题酒瓮》诗："若无清酒两三瓮，争向白须千万茎。"争向，犹云怎奈或奈何也。……柳永《临江仙》词："牵情系恨，争向年少偏饶。"义均同上。有曰"怎向"者，即争向也。柳永《过涧歇近》词："怎向心绪，近日厌厌长似病。"……义均同"争向"。……有曰"怎生向"者。柳永《法曲第二》词："怎生向、人间好事到头少"……义均与"怎向"同。（张相《诗词曲语辞汇释》）

◎的，犹准或确也；定也；究也。（张相《诗词曲语辞汇释》）

长寿乐

繁红嫩翠。
艳阳景，妆点神州明媚。
是处楼台，朱门院落，弦管新声腾沸。
恣游人、无限驰骤，骄马车如水。
竟寻芳选胜，归来向晚，
起通衢近远，香尘细细。

太平世。
少年时，忍把韶光轻弃？
况有红妆，楚腰越艳，一笑千金何啻？
向尊前、舞袖飘雪，歌响行云止。
愿长绳、且把飞乌系。
任好从容痛饮，谁能惜醉？

◎皓天舒白日，灵景耀神州。（《文选·左思〈咏史诗〉》，吕向注："神州，京都也。"）

◎前过濯龙门上，见外家问起居者，车如流水，马如游龙。（《后汉书·马皇后纪》）

◎恨不得挂长绳于青天，系此西飞之白日。（唐李白《惜馀春赋》）

倾　杯

水乡天气，洒蒹葭、露结寒生早。
客馆更堪秋杪。

空阶下、木叶飘零, 飒飒声干, 狂风乱扫。
黯无绪、人静酒初醒,
天外征鸿, 知送谁家归信, 穿云悲叫。

蛩响幽窗, 鼠窥寒砚, 一点银钉闲照。
梦枕频惊, 愁衾半拥, 万里归心悄悄。
往事追思多少。
赢得空使方寸挠。
断不成眠, 此夜厌厌, 就中难晓。

◎再来值秋杪, 高阁夜无喧。(唐孟浩然《夜登孔伯昭南楼时沈太清朱昇在座》)

◎风飒飒兮木萧萧, 思公子兮徒离忧。(《楚辞·九歌·山鬼》)

◎开瓶酒色嫩, 踏地叶声干。(唐崔参《虔州西亭陪端公宴集》)

◎西窗独闇坐, 满耳新蛩声。(唐白居易《禁中闻蛩》)

◎青灯斗鼠窥寒砚, 落月啼乌送远筇。(宋曾巩《遣兴》)

◎忧心悄悄, 愠于群小。(《诗经·邶风·柏舟》,《毛传》:"悄悄, 忧貌。")

倾　杯

金风淡荡, 渐秋光老、清宵永。
小院新晴天气, 轻烟乍敛, 皓月当轩练净。
对千里寒光, 念幽期阻、当残景。
早是多愁多病。
那堪细把, 旧约前欢重省?

最苦碧云信断, 仙乡路杳, 归鸿难倩。

每高歌、强遣离怀，奈惨咽、翻成心耿耿。

漏残露冷。

空赢得、悄悄无言，愁绪终难整。

又是立尽，梧桐碎影。

◎金风扇素节，丹霞启阴期。（《文选·张协〈杂诗〉》，李善注："西方为秋而主金，故秋风曰金风也。"）

◎如幻如泡世，多愁多病身。（五代韦庄《遣兴》）

◎刘晨、阮肇入天台采药，远不得返。经十三日，饥，遥望山上有桃树子熟，遂跻险援葛至其下，啖数枚，饥止体充，欲下山以杯取水。见芜菁叶流下甚鲜妍，复有一杯流下，有胡麻饭焉，乃相谓曰："此近人矣。"遂渡山，出一大溪，溪边有二女子，色甚美。见二人持杯，便笑曰："刘阮二郎，捉向杯来。"刘、阮惊，二女遂忻然如旧相识曰："来何晚耶？"因邀还家。……至十日，求还。苦留半年，气候草木常是春时，百鸟啼鸣，更怀乡，归思甚苦。女遂相送，指示还路，乡邑零落已十世矣。（《太平广记》卷六二）

◎耿耿不寐，如有隐忧。（《诗经·邶风·柏舟》）

◆柳耆卿作《倾杯》秋景一阕，忽梦一妇人云："妾非今世人，曾作前诗（指回仙景德寺题壁诗："明月斜，秋风冷。今夜故人来不来，教人立尽梧桐影。"），数百年无人称道，公能用之。"梦觉说其事，世传乃鬼谣也。（宋胡仔《苕溪渔隐丛话·后集》引《古今词话》）

◆《词统》曰："柳永闻妇人歌此曲云：'明月斜，秋风冷。今夜故人来不来，教人立尽梧桐影。'"传是女鬼作。后好事者李玉衍为金缕曲云："月落西楼凭栏久，依旧归期未定。又只恐瓶沉金井。嘶骑不来银烛暗，枉教人立尽梧桐影。"杨慎曰："藉此觉有身分。"（清沈雄《古今词话·词辨》上卷）

倾　杯

鹜落霜洲，雁横烟渚，分明画出秋色。
暮雨乍歇。
小楫夜泊，宿苇村山驿。
何人月下临风处，起一声羌笛。
离愁万绪，闻岸草、切切蛩吟如织。

为忆。
芳容别后，水遥山远，何计凭鳞翼？
想绣阁深沉，争知憔悴损、天涯行客。
楚峡云归，高阳人散，寂寞狂踪迹。
望京国。空目断、远峰凝碧。

◎残星几点雁横塞，长笛一声人倚楼。（唐赵嘏《长安晚秋》）

◎昔者楚襄王与宋玉游于云梦之台，望高唐之观，其上独有云气，崒
兮直上，忽兮改容，须臾之间，变化无穷。王问玉曰："此何气也？"玉对
曰："所谓朝云者也。"王曰："何谓朝云？"玉曰："昔者先王尝游高唐，
怠而昼寝，梦见一妇人曰：'妾，巫山之女也。为高唐之客。闻君游高唐，
愿荐枕席。'王因幸之。去而辞曰：'妾在巫山之阳，高丘之阻，旦为朝
云，暮为行雨，朝朝暮暮，阳台之下。'旦朝视之，如言。故为立庙，号曰朝
云。"（战国宋玉《高唐赋序》）

◆耆卿正锋，以当杜诗。"何人"两句，扶质立干。"想绣阁深沉"二
句，忠厚悱恻，不愧大家。"楚峡云归"三句，宽处坦夷，正见家数。（清
谭献《复堂词话》）

◆"暮雨"三句音节极清峭。毛晋谓屯田词"音调谐婉，尤工于羁旅
悲怨之辞"，此作克副之。（俞陛云《唐五代两宋词选释》）

◆屯田善于羁旅行役，故此类之词多同一机栝，然用笔则因调而

殊。此词起落翻腾，又与前选两首用直笔者有异。起两句对偶，即所谓"画出秋色"，已隐寓别离之意、沦落之苦。"暮雨"三句，于秋色之中，写泊舟之时、泊舟之处。"何人"句提起，无意中忽闻笛声，惹起离愁。谭献用《文赋》语"扶质立干"评之。梅溪之"碧袖一声歌"，即学此笔法者，最擅神韵悠扬之妙，令人荡气回肠，清真以后，多得此法门也。"羌笛"原不足当"万绪"，故再说"草"、"蛩"，用"似织"二字以满其量。过变由景入情，"芳容别后"之忆，即上文之"离愁"。"水遥山远"，是"苇村山驿"中感想。"鳞翼"亦"无计""凭"之，则两地相思，此情难诉矣。于是就对面设想，"绣阁深沉"，未必知征人之苦，从杜诗"遥怜小儿女，未解忆长安"化出。律以屯田《八声甘州》"想佳人妆楼颙望"以下五句，同一意境，而此特浑涵，特温厚，宜谭献谓其"忠厚悱恻，不愧大家"也。"楚峡""高阳"，宴游之地。今我已去，则疏狂踪迹遂入"寂寞"之中，又转到自身，写"小楫夜泊"时境遇。曰"云归"，曰"人散"，"京国"前尘，已不可复问，惟有于"凝碧""远峰"，空劳"目断"。虚笼作收，与《玉蝴蝶》近似。此在柳词为委婉曲折者，所以屯田为慢词之开山人也。（陈匪石《宋词举》）

◆此首，上片写景，下片抒情，脉络甚明，哀感甚深。起三句，点秋景。"暮雨"三句，记泊舟之时与地。"何人"两句，记闻笛生愁。"离愁"两句，添出草蛩似织，更不堪闻。换头，"为忆"三句，述己之远别及信之难达。"想绣阁"三句，就对方设想，念人在外边之苦，语极凄恻。"楚峡"三句，念旧游如梦，欲寻无迹。末两句，以景结束，惆怅不尽。（唐圭璋《唐宋词简释》）

鹤冲天

黄金榜上。
偶失龙头望。
明代暂遗贤，如何向。

未遂风云便，争不恣狂荡。
何需论得丧。
才子词人，自是白衣卿相。

烟花巷陌，依约丹青屏障。
幸有意中人，堪寻访。
且恁偎红翠，风流事、平生畅。
青春都一饷。
忍把浮名，换了浅斟低唱。

◎野无遗贤，万邦咸宁。(《尚书·大禹谟》)

◎云从龙，风从虎。(《易·乾》)

◎进士科始于隋大业中，盛于贞观、永徽之际。搢绅虽位极人臣，不由进士者，终不为美，以至岁贡常不减八九百人，其推重谓之"白衣公卿"，又曰"一品白衫"。(五代王定保《唐摭言》卷一)

◆(宋)仁宗留意儒雅，务本理道，深斥浮艳虚薄之文。初，进士柳三变好为淫冶讴歌之曲，传播四方。尝有《鹤冲天》云："忍把浮名，换了浅斟低唱。"及临轩发榜，特落之曰："且去浅斟低唱，何要浮名。"景祐元年方及第。后改名永，方得磨勘转官。其辞曰："黄金榜上……"。(宋吴曾《能改斋漫录》卷一六)

◆《太平乐府》曰：柳永曲调传播四方，尝候榜作《鹤冲天》词云："忍把浮名，换了浅斟低唱。"仁宗闻之曰："此人风前月下，浅斟低唱，好填词去。"柳永下第，自此词名益振。'(清沈雄《古今词话·词话》上卷)

◆耆卿"忍把浮名，换了浅斟低唱"，荒谩语耳，何足为韵事。稼轩"悲莫悲生离别，乐莫乐新相识，儿女古今情。富贵非吾事，归与白鸥盟"，愤激语而不离乎正，自与耆卿迥别。然读唐人"忽见陌头杨柳色，悔教夫婿觅封侯"之句，情理两融，又婉折多矣。(清陈廷焯《白雨斋词

话》卷六)

◆此词即仁宗据以落柳永之第者。封建时代,如有失意于科第之人,便生不重视科第之念,乃人主所深恶。此词乃永初试不及第所作,语皆狂放。相传永初名三变,至景祐中及第,改名永,始得磨勘转官。是柳永于科第曾几经挫折而后始得者,其"才子词人,自是白衣卿相"之说、"忍把浮名,换了浅斟低唱"之语,乃失意后自傲之言,未必真能轻视科第、不屑求名者。然如柳之市民阶级狂放性格与统治者仁宗伪崇理道之心理,究竟矛盾,此于其应制作"老人星见"之词可以知之。仁宗时,太史奏老人星见。仁宗甚喜,命左右词臣作乐章夸耀其事。内侍以属柳永。永谱《醉蓬莱》调奏上。仁宗见其首句有"渐"字,已不悦,读至"宸游凤辇"句,乃与仁宗御制真宗挽词暗合,不觉惨然,及读至"太液波翻",曰:"何不言'波澄'?"遂怒投之于地,自此后不复擢用。今就此事观之,仁宗之怒,即柳之不善阿谀。柳之不善阿谀,即柳狂放之才不善作制官样之文也。然则,即使擢用,亦未必终合统治者之要求。此其所以毕生落拓也。(刘永济《唐五代两宋词简析》)

木兰花 杏花

剪裁用尽春工意。
浅蘸朝霞千万蕊。
天然淡泞好精神,洗尽严妆方见媚。

风亭月榭闲相倚。
紫玉枝梢红蜡蒂。
假饶花落未消愁,煮酒杯盘催结子。

◎蜡珠攒作蒂,缃彩翦成丛。(唐温庭筠《海榴》)
◎饶,犹任也;尽也。假定之辞。凡文笔作开合之势者,往往用"饶"

字为曲笔以垫起之。……有作"假饶"者……加一"假"字,假定之义更明显。(张相《诗词曲语辞汇释》)

木兰花 海棠

东风催露千娇面。
欲绽红深开处浅。
日高梳洗甚时忺? 点滴燕脂匀未遍。

霏微雨罢残阳院。
洗出都城新锦段。
美人纤手摘芳枝,插在钗头和凤颤。

◎回合云藏日,霏微雨带风。(唐李端《巫山高》)

木兰花 柳枝

黄金万缕风牵细。
寒食初头春有味。
殢烟尤雨索春饶,一日三眠夸得意。

章街隋岸欢游地。
高拂楼台低映水。
楚王空待学风流,饿损宫腰终不似。

◎汉家旧苑眠应足,岂觉黄金万缕空。(宋刘筠《柳絮》)
◎饶,犹恕也; 怜也。(张相《诗词曲语辞汇释》)
◎李商隐《江之嫣赋》云:"岂如河畔牛星,隔岁只闻一过; 不及苑中

人柳，终朝剩得三眠。"汉苑有人形柳，一日三起三倒。（宋赵令畤《侯鲭录》卷二）

◎章台柳，章台柳，昔日青青今在否？纵使长条似旧垂，亦应攀折他人手。（见唐许尧佐《柳氏传》）

◎隋堤，一名汴堤，在汴河之上。隋炀帝大业元年，命尚书左丞皇甫谊复西通济渠，作石陡门，引河水入汴，汴水入泗，以通于淮。筑堤树柳，御龙舟行幸，以达于江都。人称其堤曰"隋堤"。（明李濂《汴京遗迹志》卷七）

◎绊惹春风别有情，世间谁敢斗轻盈。楚王江畔无端种，饿损纤腰学不成。（唐唐彦谦《垂柳》）

◆将腰比柳，将柳比腰，纷纷旧句，莫此为新。山谷诗："莠蒿穿雪动，杨柳索春饶。"佚名唐人咏柳云："楚王宫畔无端种，饿损纤腰学不成。"拈来恰好。（明卓人月《古今词统》）

倾杯乐

楼锁轻烟，水横斜照，遥山半隐愁碧。
片帆岸远，行客路杳，簇一天寒色。
楚梅映雪数枝艳，报青春消息。
年华梦促，音信断、声远飞鸿南北。

算伊别来无绪，翠消红减，双带长抛掷。
但泪眼沉迷，看朱成碧。
惹闲愁堆积。
雨意云情，酒心花态，孤负高阳客。
梦难极。和梦也、多时间隔。

◎五陵愁碧春萋萋。（唐温庭筠《湘阴词》）

◎楚梅何多叶，缥蒂攒琼瑰。常惜岁景尽，每先春风开。（宋梅尧臣《读吴正仲重台梅花诗》）

◎燕赵多佳丽，白日照红妆。荡子十年别，罗衣双带长。春楼怨难守，玉阶悲自伤。（南朝梁刘孝绰《古意》）

◎谁知心眼乱，看朱忽成碧。（南朝梁王僧孺《夜愁示诸宾》）

◎沛公引兵过陈留，郦生踵军门上谒……使者出谢曰："沛公敬谢先生，方以天下为事，未暇见儒人也。"郦生瞋目案剑叱使者曰："走！复入言沛公，吾高阳酒徒也，非儒人也。"（《史记·郦生陆贾列传》）

◎和，犹连也。……凡此"和"字，均可以今之口语"连"字代之也。（张相《诗词曲语辞汇释》）

祭天神

忆绣衾相向轻轻语。
屏山掩、红蜡长明，金兽盛熏兰炷。
何期到此，酒态花情顿孤负。
柔肠断、还是黄昏，那更满庭风雨。

听空阶和漏，碎声斗滴愁眉聚。
算伊还共谁人，争知此冤苦？
念千里烟波，迢迢前约，
旧欢慵省，一向心无绪。

◎帘幕疏疏风透。一线香飘金兽。（宋张耒《秋蕊香》）
◎斗，犹纷也；乱也。（张相《诗词曲语辞汇释》）

瑞鹧鸪

吹破残烟入夜风。
一轩明月上帘栊。
因惊路远人还远，纵得心同寝未同。

情脉脉，意忡忡。
碧云归去认无踪。
只应曾向前生里，爱把鸳鸯两处笼。

◎树色连秋霭，潮声入夜风。（唐张祐《题樟亭》）

◎支枕睡馀人寂寂，一轩明月满窗风。（宋杨时《含云寺书事六绝句》）

归去来

一夜狂风雨。
花英坠、碎红无数。
垂杨漫结黄金缕。
尽春残、絮不住。

蝶飞蜂散知何处？
殢尊酒、转添愁绪。
多情不惯相思苦。
休惆怅、好归去。

◎烟凝远岫列寒翠，霜染疏林堕碎红。（唐顾在镕《题光福上方塔》）

梁州令

梦觉纱窗晓。
残灯暗然空照。
因思人事苦萦牵,
离愁别恨,无限何时了?

怜深定是心肠小。
往往成烦恼。
一生惆怅情多少?
月不长圆,春色易为老。

燕归梁

轻蹑罗鞋掩绛绡。
传音耗、苦相招。
语声犹颤不成娇。
乍得见、两魂消。

匆匆草草难留恋,
还归去、又无聊。
若谐雨夕与云朝。
得似个、有嚣嚣。

◎花明月黯笼轻雾。今宵好向郎边去。衩袜步香阶。手提金缕鞋。　画堂南畔见。一向偎人颤。奴为出来难。教君恣意怜。(南唐李煜《菩萨蛮》)

◎此民之所以嚣嚣苦不足也。(《汉书·董仲舒传》,颜师古注:"嚣,读与嗸同,音敖。嗸嗸,众怨愁声也。")

夜半乐

艳阳天气，烟细风暖，芳郊澄朗闲凝伫。
渐妆点亭台，参差佳树。
舞腰困力，垂杨绿映，
浅桃浓李夭夭，嫩红无数。
度绮燕、流莺斗双语。

翠娥南陌簇簇，蹑影红阴，缓移娇步。
抬粉面、韶容花光相妒。
绛绡袖举。
云鬟风颤，半遮檀口含羞，背人偷顾。
竞斗草、金钗笑争赌。

对此嘉景，顿觉消凝，惹成愁绪。
念解佩、轻盈在何处？
忍良时、孤负少年等闲度。
空望极、回首斜阳暮。
叹浪萍风梗知何去？

◎桃之夭夭，灼灼其华。（《诗经·周南·桃夭》）

◎斗，犹对也。（张相《诗词曲语辞汇释》）

◎晓陌携笼去，桑林路隔淮。何如斗百草，赌取凤皇钗。（唐郑谷《采桑》）

◎江妃二女者，不知何所人也，出游于江汉之湄，逢郑交甫，见而悦之，不知其神人也，谓其仆曰："我欲下请其佩。"仆曰："此间之人，皆习于辞，不得，恐罹悔焉。"交甫不听，遂下与之言曰："二女劳矣。"二女曰："客子有劳，妾何劳之有？"交甫曰："橘是柚也，我盛之以筥，令附汉水，将流而下，我遵其傍，采其芝而茹之。以知吾为不逊也，愿请子之佩。"二女曰："橘是柚也，我盛之以筥，令附汉水，将流而下，我遵其旁，采其芝而茹之。"遂手解佩与交甫。交甫悦，受而怀之中当心，趋去数十步，视佩，空怀无佩，顾二女忽然不见。（汉刘向《列仙传》卷上）

清平乐

繁华锦烂。
已恨归期晚。
翠减红稀莺似懒。
特地柔肠欲断。

不堪尊酒频倾。
恼人转转愁生。
□□□□□□，
多情争似无情。

◎锦烂霞驳，星错波沩。（唐李白《明堂赋》）

◎特地，犹云特别也；又犹云特为或特意也。（张相《诗词曲语辞汇释》）

◎多情却似总无情，惟觉尊前笑不成。蜡烛有心还惜别，替人垂泪到天明。（唐杜牧《赠别》）

◆柳耆卿《乐章集·清平乐》词前阕结句云："那特地柔肠断。"赵秋晓《覆瓿集·齐天乐》词次句云："渺人物消磨尽。"句法与他家异，后人遂无宗尚之者。（清张德瀛《词徵》卷一）

迷神引

红板桥头秋光暮。
淡月映烟方煦。
寒溪蘸碧，绕垂杨路。
重分飞，携纤手、泪如雨。
波急隋堤远，片帆举。
倏忽年华改，向期阻。

时觉春残，渐渐飘花絮。
好夕良天长辜负。
洞房闲掩，小屏空、无心觑。
指归云，仙乡杳、在何处？
遥夜香衾暖，算谁与？
知他深深约，记得否？

◎隋堤，一名汴堤，在汴河之上。隋炀帝大业元年，命尚书左丞皇甫
谊复西通济渠，作石堰门，引河水入汴，汴水入泗，以通于淮。筑堤树柳，
御龙舟行幸，以达于江都。人称其堤曰"隋堤"。（明李濂《汴京遗迹志》
卷七）

辑　佚

爪茉莉 秋夜

每到秋来，转添甚况味。
金风动、冷清清地。
残蝉噪晚，甚聒得、人心欲碎，
更休道、宋玉多悲，石人、也须下泪。

衾寒枕冷，夜迢迢、更无寐。
深院静、月明风细。
巴巴望晓，怎生捱、更迢递。
料我儿、只在枕头根底，
等人来、睡梦里。

◎金风扇素节，丹霞启阴期。（《文选·张协〈杂诗〉》，李善注："西
方为秋而主金，故秋风曰金风也。"）

◎悲哉秋之为气也，萧瑟兮草木摇落而变衰。憭栗兮若在远行，登山
临水兮送将归。（《楚辞·九辩》）

◎太后怒不食曰："今我在也，而人皆藉吾弟，令我百岁后，皆鱼肉之
矣，且帝宁能为石人邪？"（《史记·魏其武安侯列传》）

◆（"料我儿"四句）世间有如此意枕，亦复何恨！（明卓人月《古今
词统》）

◆柳屯田"每到秋来"一曲，极孤眠之苦。予尝宿御儿客舍，倚枕自
歌，能移我情，不知文之工拙也。（清沈谦《填词杂说》）

◆耆卿"残蝉向晚,聒得人心欲碎"是写闺中秋怨也。梁棠邨"疏镫薄暮,又一声归雁,飞来平楚"是写闺中春怨也。各自极其情致。(清冯金伯《词苑萃编》卷二)

女冠子 夏景

火云初布。
迟迟永日炎暑。
浓阴高树。
黄鹂叶底,羽毛学整,方调娇语。
薰风时渐动,峻阁池塘,芰荷争吐。
画梁紫燕,对对衔泥,飞来又去。

想佳期、容易成辜负。
共人人、同上画楼斟香醑。
恨花无主。
卧象床犀枕,成何情绪?
有时魂梦断,半窗残月,透帘穿户。
去年今夜,扇儿搧我,情人何处?

◎燕有两种。胡燕胸班黑,作窠喜长,有容一疋绢者。越燕紫胸,俗谓之紫燕,作窠极浅。(宋曾慥《类说》卷三五)

十二时 秋夜

晚晴初,淡烟笼月,风透蟾光如洗。
觉翠帐、凉生秋思。
渐入微寒天气。

败叶敲窗,西风满院,睡不成还起。
更漏咽、滴破忧心,
万感并生,都在离人愁耳。

天怎知、当时一句,做得十分萦系。
夜永有时,分明枕上,觑着孜孜地。
烛暗时酒醒,元来又是梦里。

睡觉来、披衣独坐,万种无悰情意。
怎得伊来,重谐云雨,再整馀香被。
祝告天发愿,从今永无抛弃。

◎做的个,等于说落得个、弄得个,往往用以说明某种不如人意的结局。(王锳《诗词曲语辞例释》)

◎孜孜,"仔细"的意思,描写情态的副词,不作古文中习见的"辛勤"义解。(王锳《诗词曲语辞例释》)

◆柳屯田情语多俚浅。如"祝告天发愿,从今永无抛弃。"开元曲一派,词流之下乘者也。(清毛先舒《诗辨坻》)

红窗迥

小园东,花共柳。
红紫又一齐开了。
引将蜂蝶燕和莺,成阵价、忙忙走。

花心偏向蜂儿有。
莺共燕、吃他拖逗。
蜂儿却入、花里藏身,胡蝶儿、你且退后!

◎吃，犹被也；受也。（张相《诗词曲语辞汇释》）

◆此词见宋罗烨《醉翁谈录·丙集》卷二。

凤凰阁

匆匆相见，懊恼恩情太薄。
霎时云雨人抛却。
教我行思坐想，肌肤如削。
恨只恨、相违旧约。

相思成病，那更潇潇雨落。
断肠人在阑干角。
山远水远人远，音信难托。
这滋味、黄昏又恶。

◎朱唇浅破樱桃萼，倚楼人在阑干角。（宋张先《醉落魄》）

西江月

师师生得艳冶，香香与我情多。
安安那更久比和。
四个打成一个。

幸自苍皇未款，新词写处多磨。
几回扯了又重挼。
"姦"字中心着我。

◆此词见宋罗烨《醉翁谈录·丙集》卷二。

西江月

调笑师师最惯, 香香暗地情多。
冬冬与我煞脾和。
独自窝盘三个。

"管"字下边无分,
"闭"字加点如何?
权将"好"字自停那。
"姦"字中间着我。

◆此词见明冯梦龙《古今小说》卷一二《众名妓春风吊柳七》。
◆那柳七官人, 真个是朝朝楚馆, 夜夜秦楼。内中有三个出名上等的行首, 往来尤密, 一个唤做陈师师, 一个唤做赵香香, 一个唤做徐冬冬。这三个行首, 赔着自己钱财, 争养柳七官人。怎见得? 有戏题一词, 名《西江月》为证:"调笑师师最惯……"(明冯梦龙《古今小说》卷一二《众名妓春风吊柳七》)

如梦令

郊外绿阴千里。
掩映红裙十队。
惜别语方长, 车马催人速去。
偷泪。偷泪。
那得分身应你?

◆此词见明冯梦龙《古今小说》卷一二《众名妓春风吊柳七》。
◆这柳七官人, 诗词文采, 压于朝士, 因此近侍官员, 虽闻他恃才高傲，却也多少敬慕他的。那时天下太平，凡一才一艺之士，无不录用。有司荐柳永才名，朝中又有人保奏，除授浙江管下馀杭县宰。这县宰官儿，虽不满柳耆卿之意，把做个进身之阶，却也罢了，只是舍不得那三个行首。时值春暮，将欲起程，乃制《西江月》为词，以寓惜别之意："凤额绣帘高卷……"三个行首，闻得柳七官人浙江赴任，都来饯别。众妓至者如云，耆卿口占《如梦令》云："郊外绿阴……"（明冯梦龙《古今小说》卷一二《众名妓春风吊柳七》）

千秋岁

泰阶平了，又见三台耀。
烽火静，欃枪扫。
朝堂耆硕辅，樽俎英雄表。
福无艾，山河带砺人难老。

渭水当年钓，晚应飞熊兆。
同一吕，　今偏早。
乌纱头未白，笑把金樽倒。
人争羡，　二十四遍中书考。

◆此词见明冯梦龙《古今小说》卷一二《众名妓春风吊柳七》。

西江月

腹内胎生异锦，笔端舌喷长江。
纵教疋绢字难偿。
不屑与人称量。

我不求人富贵，人须求我文章。
风流才子占词场。
真是白衣卿相。

◆此词见明冯梦龙《古今小说》卷一二《众名妓春风吊柳七》。

◆柳耆卿在馀杭三年，任满还京。……一日，正在徐冬冬家积翠楼戏耍，宰相吕夷简差堂吏传命，直寻将来，说道："吕相公六十诞辰，家妓无新歌上寿，特求员外一阕。幸即挥毫，以便演习。蜀锦二端，吴绫四端，聊充润笔之敬，伏乞俯纳。"耆卿允了，留堂吏在楼下酒饭，问徐冬冬有好纸否。徐冬冬在箧中，取出两幅芙蓉笺纸，放于案上。耆卿磨得墨浓，蘸得笔饱，拂开一幅笺纸，不打草儿，写下《千秋岁》一阕云："泰阶平了……"耆卿一笔写完，还剩下芙蓉笺一纸，馀兴未尽，后写《西江月》一调云："腹内胎生异锦……"（明冯梦龙《古今小说》卷一二《众名妓春风吊柳七》）

绛都春

融和又报。
乍瑞霭霁色，皇州春早。
翠幰竞飞，玉勒争驰都门道。
鳌山彩结蓬莱岛。
向晚色、双龙衔照。
绛绡楼上，彤芝盖底，仰瞻天表。

缥缈。
风传帝乐，庆三殿共赏，群仙同到。
迤逦御香，飘满人间闻嬉笑。
须臾一点星球小。

渐隐隐、鸣鞘声杳。
游人月下归来，洞天未晓。

　　◆先君尝云，柳词"鳌山彩构蓬莱岛"，当云"彩缔"。坡词"低绮户"，当云"窥绮户"，二字既改，其词益佳。（宋胡仔《苕溪渔隐丛话·前集》）
　　◆《全宋词》作丁仙现词，误。夏承焘《天风阁学词日记》（1941年3月14日），为曹元忠辑《乐章集佚词》作一跋，订定《绛都春》是柳词。唐圭璋以属丁仙现，非是。

总　评

谢维新《古今合璧事类备要》　范蜀公（镇）字景仁，少与（柳）耆卿同年，爱其才美，闻作乐章，叹曰："缪其用心。"谢事之后，亲旧闻盛唱柳词，复叹曰："仁庙四十二年太平，吾身为史官二十年，不能赞述，而耆卿能形容尽之。"

陈师道《后山诗话》　柳三变游东都南北二巷，作新乐府，骪骳从俗，天下咏之。遂传禁中，仁宗颇好其词，每对，必使侍妓歌之再三。

李之仪《跋吴师道小词》　至唐末，遂因其声之长短而以意填之，始一变以成音律。大抵以《花间集》中所载为宗，然多小阕。至柳耆卿始铺叙层展衍，备足无馀。形容盛明，千载如逢当日。较之《花间》所集，韵终不胜，由是知其为难能也。

李清照《词论》　逮至本朝，礼乐文武大备，又涵养百馀年，始有柳屯田永者，变旧声作新声，出《乐章集》，大得声称于世。虽协音律，而辞语尘下。

王灼《碧鸡漫志》　柳耆卿《乐章集》，世多爱赏该洽，序事闲暇，有首有尾，亦间出佳语，又能择声律谐美者用之。惟是浅近卑俗，自成一体，不知书者尤好之。予尝以比都下富儿，虽脱村野，而声态可憎。前辈云："《离骚》寂寞千年后，《戚氏》凄凉一曲终。"《戚氏》，柳所作也。柳何敢知世间有《离骚》，惟贺方回、周美成时时得之。……歌曲自唐虞三代以前、秦汉以后皆有，造语险易，则无定法。今必以"斜阳芳草"、"淡烟细雨"绳墨后来作者，愚甚矣。故曰：不知书者，尤好耆卿。

胡仔《苕溪渔隐丛话·后集》引《艺苑雌黄》　柳三变字景庄，一名永，字耆卿，喜作小词，然薄于操行。当时有荐其才者，上曰："得非填词柳三变乎？"曰："然。"上曰："且去填词。"由是不得志，日与儇子纵游娼馆酒楼间，无复检约，自称云"奉圣旨填词柳三变"。呜呼！小有才而无德以将之，亦士君子之所宜戒也。柳之《乐章》，人多称之。然大概非羁旅穷愁之词，则闺门淫媟之语。若以欧阳永叔、晏叔原、苏子瞻、黄鲁直、张子野、秦少游辈较之，万万相辽。彼其所以传名者，直以言多近俗，俗子易悦故也。

胡寅《向子諲酒边词序》　词曲者，古乐府之末造也。……唐人为之最工者。柳耆卿后出，掩众制而尽其妙，好之者以谓不可复加。

吴曾《能改斋漫录》　仁宗留意儒雅，务本理道，深斥浮艳虚薄之文。初，进士柳三变，好为淫冶讴歌之曲，传播四方。尝有《鹤冲天》词云："忍把浮名，换了浅斟低唱。"及临轩放榜，特落之曰："且去浅斟低唱，何要浮名？"景祐元年方及第。后改名永，方得磨勘转官。

徐度《却扫篇》　柳永耆卿以歌词显于仁宗朝，官为屯田员外郎，故世号"柳屯田"。其词虽极工致，然多杂以鄙语，故流俗人尤善道之。其后，欧、苏诸公继出，文格一变，至为歌词，体制高雅，柳氏之作，殆不复称于文士之口，然流俗好之自若也。

又　刘季高侍郎，宣和间尝饭于相国寺，因谈歌词，力诋柳耆卿，旁若无人者。有老宦者闻之，默然而起，徐取纸笔，跪于季高之前，请曰："子以柳词为不佳者，盍自为一篇示我乎？"刘默然无以应。而后知稠人广众中，慎不可有所臧否也。

周辉《清波杂志》　柳耆卿为文甚多，皆不传于世，独以《乐章》脍炙人口。

张端义《贵耳集》 项平斋自号江陵病叟,余侍先君往荆南,所训学诗当学杜诗,学词当学柳词。扣其所云:"杜诗、柳词,皆无表德,只是实说。"

黄昇《唐宋诸贤绝妙词选》 长于纤艳之词,然多近俚俗,故市井之人悦之,今取其尤佳者。

张炎《词源》 昔人咏节序,不惟不多,附之歌喉者,类是率俗,不过为应时纳祜之声耳。所谓清明"拆桐花烂漫"……七夕"炎光谢",若律以词家调度,则皆不然。

又 词欲雅而正,志之所之,一为情所役,则失其雅正之音。耆卿、伯可不必论,虽美成亦有所不免。……秦、柳词亦自批风抹月中来,"风月"二字,在我发挥,二公则为风月所使耳。

沈义父《乐府指迷》 康伯可、柳耆卿音律甚协,句法亦多有好处。然未免有鄙俗语。

王世贞《艺苑卮言》 美成能作景语,不能作情语,能入丽字,不能入雅字,以故价微劣于柳。

沈谦《填词杂说》 学周、柳,不得见其用情处。学苏、辛,不得见其用气处。当以离处为合。

刘体仁《七颂堂词绎》 柳七最尖颖,时有俳狎,故子瞻以是呵少游。

邹祗谟《远志斋词衷》 僻调之多,以柳屯田为最。此外则周清真、史梅溪、姜白石、蒋竹山、吴梦窗、冯艾子集中,率多自制新调,馀家亦复不乏。

又 毛驰黄云:柳七不足师,此言可为献替。盖《乐章集》多在旗亭北里间,比《片玉词》更宕而尽。

王士禛《花草蒙拾》 柳七葬真州西仙人掌,仆尝有诗云:"残风晓月仙掌路,何人为吊柳屯田?"

　　彭孙遹《金粟词话》　柳七亦自有唐人妙境，今人但从浅俚处求之，遂使《金荃》、《兰畹》之音，流人《桂枝》、《黄莺》之调，此学柳之过也。

　　田同之《西圃词说》　陈眉公曰："幽思曲想，张、柳之词工矣，然其失则俗而腻也。"

　　又　华亭宋尚木徵璧曰：吾于宋词得七人焉……苟举当家之词，如柳屯田哀感顽艳，而少寄托。

　　郭麐《灵芬馆词话》　词之为体，大略有四：风流华美，浑然天成，如美人临妆，却扇一顾，花间诸人是也。晏元献、欧阳永叔诸人继之。施朱傅粉，学步习容，如宫女题红，含情幽艳，秦、周、贺、晁诸人是也。柳七则靡曼近俗矣。

　　周济《介存斋论词杂著》　耆卿为世訾謷久矣，然其铺叙委宛、言近意远、森秀幽淡之趣在骨。耆卿乐府多，故恶滥可笑者多，使能珍重下笔，则北宋高手也。

　　周济《宋四家词选目录序论》　耆卿熔情入景，故淡远。……周、柳、黄、晁，皆喜为曲中俚语，山谷尤甚。……词笔不外顺逆反正，尤妙在复在脱。复处无垂不缩，故脱处如望海上三山妙发。温、韦、晏、周、欧、柳，推演尽致，南渡诸公，罕复从事矣。

　　周济《宋四家词选》　耆卿于写景中见情，故淡远。方回于言情中布景，故浓至。

　　宋翔凤《乐府馀论》　按词自南唐以后，但有小令。其慢词盖起宋仁宗朝。中原息兵，汴京繁庶，歌台舞席，竞赌新声。耆卿失意无俚，流连坊曲，遂尽收俚俗语言，编入词中，以便伎人传习。一时动听，散播四方。其后东坡、少游、山谷辈，相继有作，慢词遂盛。……柳词曲折委婉，而中具浑沦之气。虽多俚语，而高处足冠群流，倚声家当尸而祝之。如竹垞所录，皆精金粹玉。以屯田一生精力在是，不似东坡辈以馀事为之也。耆卿蹉跎于仁宗朝,及第已老,其年辈实在东坡之前。先于耆卿,如韩稚圭、范希文,作小令,惟欧阳永叔间有长调。罗长源谓多杂入柳词,则未必欧作。余谓慢词,当始耆卿矣。

邓廷桢《双砚斋词话》 柳耆卿以词名景祐、皇祐间。《乐章集》中,冶游之作居其半,率皆轻浮猥媟,取誉筝琶。如当时人所讥,有教坊丁大使意。惟《雨霖铃》之"今宵酒醒何处,杨柳岸、晓风残月",《雪梅香》之"渔市孤烟袅寒碧",差近风雅。《八声甘州》之"渐霜风凄紧,关河冷落,残照当楼",乃不减唐人语。"远岸收残雨"一阕,亦通体清旷,涤尽铅华。昔东坡读孟郊诗云:"寒灯照昏花,佳处时一遭。孤芳擢荒秽,苦语馀诗骚。"吾于屯田词亦云。

钱裴仲《雨华庵词话》 柳词与曲,相去不能以寸,且有一个意或二三见,或四五见者,最为可厌。其为词无非舞馆魂迷,歌楼肠断,无一毫清气。

又 柳七词中,美景良辰、风流怜惜等字,十调九见。即如《雨霖铃》一阕,只"今宵酒醒"二句脍炙人口,实亦无甚好处。张、柳齐名,秦、黄并誉,冤哉!

李佳《左庵词话》 词家昉于宋代,然只柳屯田、周美成为解音律,其词犹未尽工。姜白石、吴梦窗诸人,尚为未解音律,而颇多佳作。以是知词固非乐工所能。

江顺诒《词学集成》 陶篁村自序云:"倚声之作,莫盛于宋,亦莫衰于宋。尝惜秦、黄、周、柳之才,徒以绮语柔情,竞夸艳冶。从而效之者加厉焉。遂使郑卫之音,泛滥于六七百年,而雅奏几乎绝矣。"诒案:词之坏,坏于秦、黄、周、柳之淫靡,非有巨识,孰敢议宋人耶?

又 蔡小石宗茂《拜石词序》云:"词胜于宋,自姜、张以格盛,苏、辛以气胜,秦、柳以情胜,而其派乃分。"诒案:此以苏、辛、秦、柳与姜、张并论，究之格胜者，气与情不能逮。

又　包世臣《月底修箫谱序》："意内而言外，词之为教也。然意内而不可强致，言外非学不成。是词说者，言外而已，言成则有声，声成则有色，色成而味出焉。三者具，则足以尽言外之才矣。若夫成人之速者，莫如声，故词名倚声。声之得者，又有三：曰清，曰脆，曰涩。不脆则声不成，脆矣而不清，则腻。清矣而不涩，则浮。屯田、梦窗以不清伤气，淮海、玉田以不涩伤格，清真、白石则能兼之矣。六家于言外之旨得矣，以云意内，惟白石、玉田耳。淮海时时近之，清真、屯田、梦窗皆去之弥远，而俱不害为可传者，则以其声之幺眇铿磐，恻恻动人，无色而艳，无味而甘故也。"诒案：就词字之意以论词，本《说文》以解经，而意内言外两层，说得确切不移，实发前人所未发。至声字独取清脆涩三声，而证以各名家之词，学者循之，亦不入歧途矣。

谢章铤《赌棋山庄词话》　吾闽词家，宋元极盛，要以柳屯田、刘后村为眉目。

又　欧阳、晏、秦，北宋之正宗也。柳耆卿失之滥，黄鲁直失之伧。

又　宣城张其锦，次仲之高弟也。述其师之言曰：……慢词北宋如初唐，秦、柳、苏、黄如沈、宋，体格虽具，风骨未遒。……北宋欧、苏以上如齐、梁，周、柳以下如陈、隋。

冯煦《蒿庵论词》　耆卿词，曲处能直，密处能疏，鼻处能平，状难状之景，达难达之情，而出之以自然，自是北宋巨手。然好为俳体，词多媟黩，有不仅如《提要》所云以俗为病者。《避暑录话》谓"凡有井水饮处，即能歌柳词"。三变之为世诟病，亦未尝不由于此，盖与其千夫竞声，毋宁《白雪》之寡和也。

沈曾植《菌阁琐谈》　北方于韵，平仄既通，于字少声多之难过去者，往往加字以济之。字少之词，乃遂变为字多之曲。哩啰在词为虚声，而在曲为实字，最显证也。此端自柳耆卿已萌芽，《乐章集》同一调而不同字数者剧多。彼盖深谙歌者甘苦，又其时去五代未远，了知诗变为词，即缘字少声多之故。既演小令为慢词，遂不惜增减字句，以除磊块，使无大晟之整齐，美成之严谨，词化为曲，不必待却特殊时代矣。

又附录《手批词话三种》　《词筌》："长调推秦、柳、周、康为协律。"先生批云："以宋世风尚言之，秦、柳为当行，周、康为协律；四家并提，宋人无此语也。"……彭孙遹《金粟词话》："词家每以秦七、黄九并称。"先生批云："当时并未齐名。明世诸公，无聊比附耳。"

刘熙载《艺概·词概》　柳耆卿词，昔人比之杜诗，为其实说，无表德也。余谓此论其体则然，若论其旨，少陵恐不许之。

又　耆卿词细密而妥溜，明白而家常，善于叙事，有过前人。惟绮罗香泽之态，所在多有，故觉风期未上耳。

又　叔原贵异，方回赡逸，耆卿细贴，少游清远，四家词趣各别，惟尚婉则同耳。

又　南宋词近耆卿者多，近少游者少，少游疏而耆卿密也。

又　词品喻诸诗，东坡、稼轩，李、杜也。耆卿，香山也。

陈廷焯《白雨斋词话》　耆卿词善于铺叙，羁旅行役，尤属擅长。然意境不高，思路微左，全失温、韦忠厚之意。词人变古，耆卿首作俑也。

又　东坡、少游皆是情馀于词。耆卿乃辞馀于情。解人自辨之。

又　后人动称秦、柳，柳之视秦，为之奴隶而不足者，何可相提并论哉！

陈廷焯《词坛丛话》　昔人谓东坡词胜于情，耆卿情胜于词，秦少游兼而有之。

　　又　秦、柳自是作家，然却有可议处。东坡诗云"山抹微云秦学士，露华倒影柳屯田"，微以气格为病也。

　　又　秦写山川之景，柳写羁旅之情，俱臻绝顶，有不可以言语形容者。

　　沈祥龙《论词随笔》　唐人词，风气初开，已分二派。太白一派，传为东坡，诸家以气格胜，于诗近西江。飞卿一派，传为屯田，诸家以才华盛，于诗近西昆。后虽迭变，总不越此二者。

　　张德瀛《词徵》　诗衰而词兴，词衰而曲盛，必至之势也。柳耆卿词隐约曲意。

　　又　耆卿词多本色语，所谓有井水处，能歌柳词。时人为之语曰"晓风残月柳三变"，又曰"露花倒影柳屯田"，非虚誉也。特其词婉而不文，语纤而气雌下，盖猥亵从俗者。以"发乎情止乎礼义"之旨绳之，则望景先逝矣。胡致堂谓为掩众制而曲尽其妙，盖耳食之言耳。

　　陈锐《袌碧斋词话》　言清空者喜白石，好称艳者学梦窗，谐婉工致，则师公谨、叔夏。独柳三变，无人能道其只字已。

　　又　词源于诗，而流为曲。如柳三变，纯乎其为词矣乎？

　　又　屯田词在院本中如《琵琶记》，清真词如《会真记》。

　　又　屯田词在小说中如《金瓶梅》，清真词如《红楼梦》。

　　又　近年词家推郑文焯氏……比重阳前夕，损书惠余，节录于下：……柳三变乃以专诣名家，而当时转述其俳体，大共非訾，至今学者，竞相与咋舌瞠目，不敢复道其一字。独梦华推为北宋巨手，扬波于前，又得君推澜于后，遂使大声发海上，亦足表微千古。凡有井水处，庶其思源泉混混，有盈科后进之一日乎。……盖能见耆卿之骨，始可通清真之神。不独声律之空积忽微，以岁世绵邈而求之至难。即文字之托于音，切于情，发而中节，亦非深于文章，贯串百家，不能识其流别。近之作者，思如玉田所云妥溜者，尚不易得，况语以高健耶？其故在学人手眼太高，不屑规规于一艺。不学者又专于此中求生活，以为豪健可以气使，哀艳可以情喻，深究可以言工。不知比兴，将焉用文？元、明迄今，迷不知其门户。噫！亦难矣。

又　上三下五八字句，惟屯田独擅。继之者，美成而已。

王国维《人间词话》　古今之成大事业、大学问者，必经过三种之境界。"昨夜西风凋碧树，独上高楼，望尽天涯路"，此第一境也。"衣带渐宽终不悔，为伊消得人憔悴"，此第二境也。"众里寻他千百度，回头蓦见，那人正在，灯火阑珊处"，此第三境也。此等语皆非大词人不能道。

又《人间词话删稿》　长调自以周、柳、苏、辛为最工。美成《浪淘沙慢》二词，精壮顿挫，已开北曲之先声。若屯田之《八声甘州》，东坡之《水调歌头》，则伫兴之作，格高千古，不能以常调论也。

又　艳词可作，唯万不可作偎薄语。龚定庵诗云："偶赋凌云偶倦飞，偶然闲慕遂初衣。偶逢锦瑟佳人问，便说寻春为汝归。"其人之凉薄无行，跃然纸墨间。余辈读耆卿、伯可词，亦有此感。

又《人间词话附录一》　以宋词比唐诗，则东坡似太白，欧、秦似摩诘，耆卿似乐天，方回、叔原，则大历十子之流。南宋惟一稼轩可比昌黎。而词中老杜，则非先生（指清真）不可。昔人以耆卿比少陵，犹为未当也。

郑文焯《大鹤山人词话》附录《郑大鹤先生论词手简》　玉田崇四家词，黜柳以进史，盖以梅溪声韵铿訇，幽约可讽，独于律未精细。屯田则宋专家，其高浑处不减清真，长调尤能以沉雄之魄，清劲之气，写奇丽之情，作挥绰之声，犹唐之诗家，有盛、晚之别。

又　尝以北宋词之深美，其高健在骨，空灵在神。而意内言外，仍出以幽窈咏叹之情。故耆卿、美成，并以苍浑造端，莫究其托谕之旨。卒令人读之歌哭出地，如怨如慕，可兴可观。有触之当前即是者，正以委曲形容所得感人深也。

又　周、柳词高健处，惟在写景，而景中人自有无限凄异之致，令人歌笑出地。正如黄祖叹祢生，悉如吾胸中所欲言，诚非深于比兴，不能到此境也。

又　盖两宋大家，如柳、周、姜、史词，往往句中夹协，似韵非韵。于句投尤多见之。屯田是句似亦偶合，不须深究谱例。但取其音拍铿訇，讽入吟口，无复凝滞。即依永和声，已得空积勿微之旨。

郑文焯《批校乐章集》　柳词浑妙深美处，全在景中人，人中意。而往复回应，又能托寄清远，达之眼前，不嫌凌杂。诚如化人城郭，唯见非烟非雾光景。殆一片神行，虚灵四荡，不可以迹象求之也。曩尝笑樊榭笺《绝妙好词》独取其中偶句或研炼字，目为"词眼"，实则注意字面之雕润耳。余玩索是集，每于作者着意机栝转关处，慎审揣得，以墨围注之，真词中之眼，如画龙点睛，神观超越，使观者目送其破壁飞去已，乌得不惊叹叫绝。

学者能见柳之骨，始能通周之神，不徒高健可以气取，淡苦可以言工，深华可以意胜，哀艳可以情切也。必先能为学人之词，而后可语专诣知此，盖填词虽小道，吁亦难已。

《乐章集》中，多存旧谱，故音拍繁促，乃词家本色。南渡后，乐部放失，故曲坠逸，大半虚谱无辞，赖是以传，亦审音所宜究心者也。

戊申春晚，发明柳三变词义为北宋正宗。

屯田词自李端叔、刘潜夫、黄叔旸诸家评泊，多以其俳体为诟病久已。惟张端义《贵耳集》引项平斋言"诗当学杜，词当学柳，皆无表德，只是实说"云云。士得一知音，不惜歌苦矣。

况周颐《蕙风词话》　柳屯田《乐章集》为词家正体之一，又为金元以还乐语所自出。

　　周曾锦《卧庐词话》　柳耆卿词,大率前遍铺叙景物,或写羁旅行役,后遍则追忆旧欢,伤离惜别,几于千篇一律,绝少变换,不能自脱窠臼。词格之卑,正不徒杂以鄙俚已也。

　　夏敬观《映庵词评》　耆卿词当分雅、俚二类。雅词用六朝小品文赋作法,层层铺叙,情景兼融,一笔到底,始终不懈。俚词袭五代淫詙之风气,开金元曲子之先声,比于里巷歌谣,亦复自成一格。其鄙陋过甚者,不无乐工歌儿所窜改,可断言也。唯人品放荡,几于篇篇,学者尤当慎择也。

　　又　耆卿写景无不工,造句不事雕琢,清真效之,故学清真词者,不可不读柳词。

　　又　耆卿多平铺直叙,清真特变其法,一篇之中,回环往复,一唱三叹,故慢词始成于耆卿,大成于清真。

　　蔡嵩云《柯亭词论》　宋初慢词,犹接近自然时代,往往有佳句而乏佳章。自屯田出而词法立,清真出而词法密,词风为之一变。如东坡之纯任自然者,殆不多见矣。

　　又　屯田为北宋创调名家,所为词,得失参半。其倡楼信笔之作,每以俳体为世诟病,万不可学。至其佳词,则章法精严,极离合顺逆、贯串映带之妙,下开清真、梦窗词法。而描写景物,亦极工丽。《雨霖铃》调,在《乐章集》中尚非绝诣,特以"杨柳岸、晓风残月"句得名耳。

　　又　柳词胜处,在气骨,不在字面。其写景处,远胜其抒情处。而章法大开大阖,为后起清真、梦窗诸家所取法,信为创调名家。如《玉蝴蝶》"望处雨收云断"、《夜半乐》"冻云黯淡天气"、《安公子》"远岸收残雨"、《倾杯乐》"木落霜州"、《卜算子慢》"江枫渐老"、《甘州》"对潇潇暮雨洒江天"诸阕,写羁旅行役中秋景,均穷极工巧。

又　周词渊源，全自柳出。其写情用赋笔，纯是屯田家法。特清真有时意较含蓄，辞较精工耳。细绎《片玉集》，慢词学柳而脱去痕迹自成家数者，十居七八。字面虽殊格调未变者，十居二三。陈裒碧有言：能见耆卿之骨，始能通清真之神。目光如炬，突过王晦叔、张玉田诸贤远甚。

陈匪石《声执》　凡两宋之千门万户，清真一集，几擅其全，世间早有定论矣。然北宋之词，周造其极。而先路之导，不止一家。……柳永高浑处、清劲处、沉雄处、体会入微处，皆非他人屐齿所到。且慢词于宋，蔚为大国。自有三变，格调始成。

《国学典藏》丛书已出书目

周易 [明] 来知德 集注

诗经 [宋] 朱熹 集传

尚书 曾运乾 注

周礼 [清] 方苞 集注

仪礼 [汉] 郑玄 注 [清] 张尔岐 句读

礼记 [元] 陈澔 注

论语·大学·中庸 [宋] 朱熹 集注

孟子 [宋] 朱熹 集注

左传 [战国] 左丘明 著 [晋] 杜预 注

孝经 [唐] 李隆基 注 [宋] 邢昺 疏

尔雅 [晋] 郭璞 注

说文解字（繁/简）[汉] 许慎 撰

战国策 [汉] 刘向 辑录
　　　　[宋] 鲍彪 注 [元] 吴师道 校注

国语 [战国] 左丘明 著
　　　[三国吴] 韦昭 注

史记菁华录 [汉] 司马迁 著
　　　　　　[清] 姚苧田 节评

徐霞客游记 [明] 徐弘祖 著

孔子家语 [三国魏] 王肃 注
　　　　　（日）太宰纯 增注

荀子 [战国] 荀况 著 [唐] 杨倞 注

近思录 [宋] 朱熹 吕祖谦 编
　　　　[宋] 叶采 [清] 茅星来等 注

传习录 [明] 王阳明 撰
　　　　（日）佐藤一斋 注评

老子 [汉] 河上公 注 [汉] 严遵 指归
　　　[三国魏] 王弼 注

庄子 [清] 王先谦 集解

列子 [晋] 张湛 注 [唐] 卢重玄 解
　　　[唐] 殷敬顺 [宋] 陈景元 释文

孙子 [春秋] 孙武 著 [汉] 曹操 等注

墨子 [清] 毕沅 校注

韩非子 [清] 王先慎 集解

吕氏春秋 [汉] 高诱 注 [清] 毕沅 校

管子 [唐] 房玄龄 注 [明] 刘绩 补注

淮南子 [汉] 刘安 著 [汉] 许慎 注

金刚经 [后秦] 鸠摩罗什 译 丁福保 笺注

维摩诘所说经 [后秦] 鸠摩罗什 译
　　　　　　　[后秦] 僧肇等 注

楞伽经 [南朝宋] 求那跋陀罗 译
　　　　[宋] 释正受 集注

坛经 [唐] 惠能 著 丁福保 笺注

世说新语 [南朝宋] 刘义庆 著
　　　　　[南朝梁] 刘孝标 注

山海经 [晋] 郭璞 注 [清] 郝懿行 笺疏

颜氏家训 [北齐] 颜之推 著
　　　　　[清] 赵曦明 注 [清] 卢文弨 补注

三字经·百家姓·千字文
　　　　　[宋] 王应麟等 著

龙文鞭影 [明] 萧良有等 编撰

幼学故事琼林 [明] 程登吉 原编
　　　　　　　[清] 邹圣脉 增补

梦溪笔谈 [宋] 沈括 著

容斋随笔 [宋] 洪迈 著

困学纪闻 [宋] 王应麟 著
　　　　　[清] 阎若璩 等注

楚辞 [汉] 刘向 辑
　　　[汉] 王逸 注 [宋] 洪兴祖 补注

曹植集 [三国魏] 曹植 著
　　　　[清] 朱绪曾 考异 [清] 丁晏 铨评

陶渊明全集 [晋] 陶渊明 著
　　　　　　[清] 陶澍 集注

王维诗集 [唐] 王维著 [清] 赵殿成 笺注

杜甫诗集 [唐] 杜甫著 [清] 钱谦益 笺注

杜甫全集 [唐]杜甫 著 [清]朱鹤龄 辑注

李贺诗集 [唐]李贺 著 [清]王琦等 评注

李商隐诗集 [唐]李商隐 著
　　　　　　　　[清]朱鹤龄 笺注

杜牧诗集 [唐]杜牧 著 [清]冯集梧 注

李煜词集（附李璟词集、冯延巳词集）
　　　　　　　　[南唐]李煜 著

柳永词集 [宋]柳永 著

晏殊词集·晏幾道词集
　　　　　　　[宋]晏殊 晏幾道 著

苏轼诗集 [宋]苏轼 著 [清]纪昀 评

苏轼词集 [宋]苏轼 著 [宋]傅幹 注

黄庭坚词集·秦观词集
　　　　　　　[宋]黄庭坚 著 [宋]秦观 著

李清照诗词集 [宋]李清照 著

辛弃疾词集 [宋]辛弃疾 著

纳兰性德词集 [清]纳兰性德 著

六朝文絜 [清]许槤 评选
　　　　　　　[清]黎经诰 笺注

古文辞类纂 [清]姚鼐 纂集

乐府诗集 [宋]郭茂倩 编撰

玉台新咏 [南朝陈]徐陵 编
　　　　　　[清]吴兆宜 注 [清]程琰 删补

古诗源 [清]沈德潜 选评

千家诗 [宋]谢枋得 编
　　　　　　[清]王相 注 [清]黎恂 注

瀛奎律髓 [元]方回 选评

花间集 [后蜀]赵崇祚 集 [明]汤显祖 评

绝妙好词 [宋]周密 选辑
　　　　　　[清]项絪 笺 [清]查为仁、厉鹗 笺

词综 [清]朱彝尊 汪森 编

花庵词选 [宋]黄昇 选编

阳春白雪 [元]杨朝英 选编

唐宋八大家文钞 [清]张伯行 选编

宋诗精华录 [清]陈衍 评选

古文观止 [清]吴楚材 吴调侯 选注

唐诗三百首 [清]蘅塘退士 编选
　　　　　　　[清]陈婉俊 补注

宋词三百首 [清]朱祖谋 编选

文心雕龙 [南朝梁]刘勰 著
　　　　[清]黄叔琳 注 纪昀 评
　　　　李详 补注 刘咸炘 阐说

诗品 [南朝梁]钟嵘 著
　　　　古直 笺 许文雨 讲疏

人间词话·王国维词集 王国维 著

戏曲系列

西厢记 [元]王实甫 著 [清]金圣叹 评点

牡丹亭 [明]汤显祖 著
　　　　[清]陈同 谈则 钱宜 合评

长生殿 [清]洪昇 著 [清]吴人 评点

桃花扇 [清]孔尚任 著
　　　　[清]云亭山人 评点

小说系列

封神演义 [明]许仲琳 编 [明]钟惺 评

儒林外史 [清]吴敬梓 著
　　　　[清]卧闲草堂等 评

聊斋志异 [清]蒲松龄 著
　　　　[清]何守奇等 评

部分将出书目